바나나

그 다음,

바나나
그 다음,

박성호 지음

그러니까 괜찮아,
이건 네 인생이야

북하우스

차례

프롤로그

나의 여행은 이제 시작이다

'만약 내 인생으로 영화를 찍는다면, 나는 과연 그 영화의 주인공이 될 수 있을까?'

여행의 시작은 이 단순한 물음에서 출발했다. 여행을 떠나기 전 이 물음에 대한 나의 대답은 '아니요'였다. 나는 늘 옳은 길을 선택했다고 믿고 살아왔지만 언제나 머릿속에는 '내가 잘하고 있는 걸까'라는 생각이 가득했다. 그래서 나는 여행을 통해 내가 살면서 놓치고 있었던 것을 찾고 싶었다.

하지만 세렝게티 사바나에도, 아마존 정글에도, 안데스 산맥의 작은 마을에도 내가 원하는 답은 없었다. 내가 원하고 바라던 것은 이미 내 안에 숨겨져 있었다. 나는 여행을 하면 할수록 내 속 깊이 단단히 숨어 있는 내 본모습을 꺼내볼 수 있었다. 그리고 마침내 알게 되었다. 내 인생의 주인공이 된다는 것은 머릿속에 많은 것을 채워 넣는 일이 아니었다. 그것은 내가 무엇을 좋아하는지 알고, 내가 언제 행복한지를 알고, 세상 속에서 내 존재의 의미를 찾는 일이었다. 나를 알지 못하면 결코 내 인생의 주인공이 될 수 없었다.

나는 지금 글을 쓰며 두 번째 인생을 살고 있다. 글을 쓰는 것에 특별한 재능이 있다고 생각하지 않고, 살면서 세상으로부터 받은 혜택이 많아 평생 갚아야 한다고 느끼지만, 글을 쓰는 것은 내게 꼭 필요한 일이다.

이것은 단순히 기록을 남기는 일이 아니라 행복과 내 인생에 대해 스스로 질문을 던지고 답을 찾아가는 일이다. 또한 지금 내가 세상에서 할 수 있는 가장 옳고 가치 있는 일이라고 생각한다. 잘할 수 있어서가 아니라 하고 싶고, 행복을 느끼는 일이다. 그리고 무엇보다 나다운 일이다.

사람들은 내게 말한다. 왜 갑자기 글을 쓰냐고. 카이스트 대학의 산업디자인학과에서 1등으로 졸업할 정도면 더 안정적이고 보장된 길을 갈 수 있지 않으냐고. 네가 글쓰기를 전공한 다른 친구들보다 잘할 수 있겠느냐고. 하지만 나는 글쓰기가 지금껏 내가 배웠던 것들과 다르다고 생각하지 않는다. 내가 디자인을 통해 배운 것은 단순히 더 예쁘고 편한 제품을 만드는 것이 아니었다. 디자인은 내 머릿속에서 만든 이미지를 내 식대로 구체화시키는 작업이었고, 사람들의 심리를 분석해 공감을 이끌어내는 일이었으며, 부족한 욕구를 충족시켜주는 일이었다. 그리고 무엇보다 디자인과 글쓰기는 둘 다 나만의 철학을 담아내는 일이다. 그러니 설령 내가 배운 것들 중에 글쓰기와 상관없는 것들이 있다 해도 개의치 않는다. 나는 내가 태어나서 보고 듣고 경험한 모든 것들이 언젠가 내 생에 도움이 된다고 믿는다.

나의 여행은 이제 시작이다. 살아 있는 동안 가고 싶은 곳이 너무나 많다. 마다가스카르, 남극, 아이슬란드, 킬리만자로 등등.

내가 이렇게 여행을 하는 이유는 확고하다. 거대한 세상 속에 존재하는 인간 삶의 모든 경우를 탐험하고 생의 다양한 가치와 공통된 목표를 발견하고 싶다.

우리는 모두 태어난 순간부터 행복하게 살아야 할 가치 있는 사람들이다. 그러나 안타깝게도 그렇게 살아가는 게 참 힘든 세상이 되었다. 능력이 사람의 가치가 되고, 선량한 진심은 의심을 사고, 평범한 행복이 사치가 되어버렸다. 이런 힘든 세상을 꿋꿋이 살아가는 우리 모두는 참 대단하고 존경스러운 사람들이다.

이런 우리에게 필요한 것은, 어떻게 해야 성공할 수 있을지 고민하는 시간만큼 어떻게 해야 행복할 수 있을지 고민하는 시간이다. 행복에 대한 고민과 철학이 없는 인생은 나침반 없이 항해하는 범선과 같다. 내 안이 비어 있으면 외부에서 불어오는 바람에 이리저리 끌려다니기 쉽다. 하지만 매일 반복되는 일상 속에서 이런 고민을 하기 어렵다. 그래서 나는 사람들이 내 글을 읽고 자신의 행복이나 인생에 대해 다시 생각해볼 수 있었으면 한다. 그리고 내 글이 세상을 따뜻하게 만드는 데에 조금이나마 좋은 영향을 끼쳤으면 한다.

삶이 계속되는 한, 나의 여행은 결코 끝나지 않을 것이다. 혹시나 이 다짐이 흔들리고 있을지도 모를 미래의 나에게 이 말을 남긴다.

"이봐, 이건 네 인생이야."

PART 1

내가 떠나야만 했던 이유

택시 강도

사람 한 명쯤 사라져도 그다지 이상할 것 같지 않은 아프리카의 어느 황무지. 고개를 옆으로 돌려보니 검붉은 땅이 이글이글 끓어오르고 있었다. 따가운 모래바람이 눈을 향해 불어왔다. 다시 천천히 하늘을 바라보았다. 몸 위로 조금씩 쌓여가는 모래가 답답해 일어서려고 했지만 다리에 힘이 들어가지 않았다. 한 세 바퀴쯤 굴렀을까. 아니, 열 바퀴쯤 굴렀을까. 택시에서 튕겨져 나온 뒤로 계속 하늘만 쳐다보고 있었다.

“거리를 돌아다닐 때 카메라는 가져가지 마. 지갑은 절대 사람들이 보는 곳에서 꺼내지 말고. 그리고 한곳에 오래 서 있어도 안 돼. 밤에 돌아다니는 건 꿈도 꾸지 말고! 대통령 선거가 끝날 때까지는 특히 조심해야 해. 이 기간에는 폭력 사건이 많아서 치안이 좋지 않거든. 아니, 왜 하필 이런 시기에 여행을 온 거야, 정말!"

점심을 먹으러 시내로 나가려고 하자 숙소 주인이 사뭇 진지한 표정으로 당부를 했다. '다르에스살람', 평화의 항구라는 이름을 가진 도시에서 이런 조언을 듣게 되다니 조금은 아이러니했다. 더군다나 수십 년간 버려져 있던 감옥처럼 생긴 숙소의 외관 때문인지 제일 믿음이 가지 않는 건 이 숙소 주인이었다. 카메라와 여권을 침대 밑 구석에 숨겨두고 손바닥만 한 거대한 자물쇠로 문을 걸어 잠갔다.

도시는 온통 인자한 표정을 짓고 있는 한 대통령 후보의 얼굴로 가득했다. 마치 책이나 TV에서 자주 보던 넬슨 만델라의 미소를 따라하려 애쓴 느낌이었다. 다만 거리에서 이 후보의 얼굴 외에는 다른 얼굴을 거의 찾아볼 수 없어 기분이 꺼림칙했다.

"잠보, 하쿠나 마타타!"

한 택시 기사가 말을 걸어왔다. 나는 항상 이어폰을 귀에 꽂고 다녔기 때문에 보통 이런 경우에는 말을 듣지 못한 척 무시하고 지나갔다. 하지만 택시에 앉아 있는 푸른 눈을 가진 큰 키의 서양인이 눈에 들어왔다. 귀에서 이어폰을 빼고 인사에 답했다. 이 서양인 여행객은 마침 점심을 먹으러 가는 길인데 같이 가지 않겠냐고 물었다. 안 그래도 숙소 주인이 자못 진지한 표정으로 겁을 줬던 터라 마음이 불안했는데, 서양인 여행객을 보자 오랜 친구를 만난 것처럼 경계심이 풀어졌다. 흔쾌히 그들의 제안을 받아들였고 택시에 올라탔다.

택시에 타고 있던 그 친구는 뉴질랜드 사람이었다. 그리고 탄자니아에 온 것은 이번이 두 번째라고 했다. 그는 몇 년째 세계를 여행하고 있었는데 돈이 떨어지면 여행 중인 나라에서 영어 강사를 하며 돈을 번다고 했다. 예전에 탄자니아에 왔을 때는 킬리만자로를 등반했는데, 그때 세렝게티를 가보지 못한 것이 후회돼서 다시 찾아왔다고 했다. 외국인이라고는 찾아보기 힘든 이곳에서 베테랑 여행자인 그를 만난 게 너무도 행운이라고 생각했다.

"어? 잠시만, 이 길이 맞나요?"

한참 대화를 나누던 중, 뉴질랜드 친구가 갑자기 택시 기사에게 이 길이 맞는지 물었다. 그런데 숙소 앞에서 '하쿠나 마타타'를 외치며 웃음을 보이던 택시 기사가 이번에는 아무런 대답도 하지 않았다. 순간 무언가 잘못되어가고 있음을 느꼈다. 다시 한 번 택시 기사에게 말을 걸었지만 역시 그는 아무런 대답도, 아무런 표정도 없었다. 창밖의 풍경에서 고층 빌딩들이 하나둘 사라져갔고, 우리는 어느새 아스팔트가 아닌 흙길을 달리고 있었다. 불안한 마음에 몰래 택시 문 손잡이를 당겨보았다. 문은 굳게 잠

겨 있었다.

그 순간 나의 머릿속에서는 오만 가지 예측 가능한 시나리오가 펼쳐졌다. '아프리카에서 홀로 여행 중인 한국인 대학생 실종.' 문득 신문기사에 내 사진이 붙어 있는 장면이 머릿속에 그려졌다. 바나나 농장에서 바나나를 따면서도 이런 상황을 수백 번씩 상상해보곤 했다. '여행을 하다가 위험한 순간이 찾아오면 어쩌지?' 하고 말이다. 하지만 막상 그런 상황이 닥치니 어떻게 행동해야 할지 아무런 생각이 나지 않았다.

'뒤에서 택시 기사의 목을 조를까?'

머릿속의 시나리오는 공포물과 액션물을 왔다 갔다 했다. 옆에 있던 뉴질랜드 친구는 얼굴이 벌겋게 달아올라 소리를 지르고 있었다. 그 모습을 보고 있으니 '이 친구가 먼저 사라지겠구나' 하는 생각이 들었다. 보통 영화에서는 이렇게 시끄러운 배역들이 먼저 당하니까. 그때 마침, 저 멀리 세 명의 남자들이 지나가는 것이 보였다.

'지금 저 사람들에게 도움을 구하지 않으면 정말 큰일 나겠다.'

드디어 머릿속에 있던 시나리오들이 하나씩 정리되고 결단을 내렸다. 마침 길이 좁아 택시는 빨리 달리지 않고 있었다. 재빨리 창문을 열고 도와달라고 소리쳤다.

하늘이 도운 것일까. 길을 가고 있던 세 명의 남자들이 택시 앞을 가로막았고, 택시는 이윽고 멈춰 섰다. 하지만 내가 말을 꺼내기도 전에, 그 세 명의 남자들이 자연스럽게 택시 문을 열고 택시에 탑승했다. 그들은 공범이었다.

"죽고 싶지 않으면 가진 걸 다 내놔."

영화 속에서나 보던 협박 그대로였다. 여기까지는 예상했던 시나리오대로였다. 그런데 그 순간, 그들은 내 얼굴 길이만 한 칼을 꺼내 들었다. 여기부터는 예상하지 못했다. 요리할 때도 조심조심 다루던 칼을 아프리카 택시 안에서 보게 될 줄이야. 순식간에 공포가 엄습했다. 이때부터는 아무런 생각조차 들지 않고 거의 정신을 잃기 직전이 되었다. 뜨거운 아프리카의 더위 속에서 몸은 점점 차가워졌고, 굵은 땀 한 줄기가 척추를 타고 흘렀다.

내가 줄 건 지갑밖에 없었다. 카메라와 여권을 비롯한 모든 짐을 숙소에다 두고 나왔기 때문이다. 하지만 옆에 있던 뉴질랜드 친구는 배낭을 메고 있었는데 그 안에는 어마어마한 현금과 카메라 등이 있었다. 그는 가지고 있던 모든 것을 그들에게 넘겼다. 그들이 배낭을 뒤지고 있는 것을 지켜보면서 두려움이 몰려왔다. 짐들을 숙소에 두고 와서 다행이라는 생각은 전혀 들지 않았다. 오히려 아낌없이 주는 나무 같은 뉴질랜드 친구가 부럽게 느껴졌다. 가진 게 없어서 나를 해치지 않을까 공포만이 몰려왔다.

다행히 그들은 내 지갑을 가져가기만 하고 해치지는 않았다.

그들은 택시 안에 우리를 태우고 천천히 도시를 돌면서 현금 지급기를 찾아다녔다. 빈틈없이 올라간 창문 밖으로 종종 경찰들이 보였지만 아무것도 할 수 없었다. 그들은 나보다 덩치가 훨씬 컸고 칼까지 들고 있었으니까. 그들은 내 카드로 현금을 뽑아갔다. 태어나서 처음으로 1일 카드 인출 한도를 꽉 채웠다. 그렇게 지옥 같던 시간이 30분쯤 흘렀을까. 택시가 달리던 중에 문을 열더니 내리라고 했다. 어쩔 줄 몰라 안절부절못하고 있자 친절하게도 발로 힘껏 나를 밀어서 택시 밖으로 떨구었다.

그 길바닥에서 참 많은 생각을 했다. 내가 왜 여행을 하는지부터 내게 여행이 무슨 의미가 있는지, 그리고 여행을 포기할까 하는 생각까지. 하지만 내게는 여행을 그만둘 수 없는 이유가 있었다.

무언가 잘못되었다

어린 시절의 나는 대한민국 사교육 1번지인 강남 한복판에서 '대치동 키즈'의 길을 걸었다. 영어, 수학, 과학, 국어 학원은 물론이고 집중력에 좋다는 바둑 학원도 다녔다. 배구 서브 시험이 있을 때는 태권도장에서 배구 서브를 배웠으며, 단소 실기 시험이 있으면 음악 학원을 다녔다. 수영을 배웠고, 피아노를 배웠으며, 플루트도 배웠고, 그림 그리기도 배웠다. 지치기는 했지만 과하다는 생각은 하지 않았다. 주변에 많은 친구들도 그렇게 했기 때문에 오히려 학원을 다니지 않는 친구들이 이상하게 느껴졌다.

나와 내 친구들의 하루는 거의 비슷했다. 우리는 아침에 일어나 학교를 갔고, 약속한 듯 서로의 숙제를 베꼈으며, 수업이 끝나자마자 함께 학원으로 이동했다. 그리고 그곳에서 밤이 오기만을 기다리며 수업을 들었다. 물론 수업이 끝나도 집에 갈 수는 없었다. 우리가 풀어야 할 문제집은 항상 가득했기 때문에 학원에 남아 그것을 풀어야 했다. 그렇게 집에 돌아갈 시간이 되면 항상 밤 12시가 가까워져 있었다. 왜 그렇게 열심히 했는지는 잘 모르겠다. 그냥 공부를 못한다는 건 부끄러운 일이었다. 고민해본 적 없이 단지 그랬다. 나는 내 친구들의 성적을 모두 외우고 다녔다.

학교를 다니다 보면 개인 정보를 적어내야 했던 때가 있었다. 나는 그때마다 아빠의 직업을 묻는 칸에 어떻게 적어야 할지 고민했다. 아빠가 매일 건축 현장에 다니시는 것만 알았지, 정확히 어떤 일을 하시는지 몰랐다. 그래서 아빠가 건축 현장에 가시니까 건축가로 적으면 되겠구나 생각했다. 나중에 내가 나이가 들어서 비 오는 밤마다 목장갑과 랜턴을 들고 아빠를 따라다녀야 했을 때, 비로소 아빠가 내가 생각하던 건축가는 아니었다는 것을 알게 되었다. 하지만 아빠 직업은 몰라도 장래희망을 적는 칸에는 거침없었다. 깊게 생각할 필요 없이 과학자를 적었다. 그러나 과학자가 어떤 일을 하는 사람인지는 잘 알지 못했다. 그냥 공부를 열심히 하면 과학자가 되는 줄 알았다. 전혀 문제 될 게 없었다. 아무도 내게 왜 과학자가 되려는지 묻지는 않았으니까.

2009년 겨울, 카이스트 대학의 합격 통보를 받았다. 나 자신이

대견하고 뿌듯하다는 기분이 들었다. 나는 항상 다른 학부모들이 부러워하는, 말 잘 듣고 공부 잘하는 그런 아이였다. 나의 초등학교, 중학교 시절의 기억은 늘 대치동 학원가였으며, 선생님과 친구들에게 돋보이고 싶어 단 한 번도 반장을 놓치지 않았다. 그러면서 오래도록 내 인생의 끝은 좋은 대학교에 입학하는 데에 있다고 생각했다. 그래서 명문대에 입학하면 모든 일이 행복하고 잘 풀릴 줄 알았다. 하지만 불과 2년 만에, 이러한 내 믿음은 무참히 무너지고 말았다.

2011년 겨울, 친했던 친구가 스스로 목숨을 끊었다. 당시 학교에서 한 직책을 맡고 있었던 나는 같은 반 친구들에게 그 소식을 전하는 일을 해야 했다. 한 친구, 한 친구에게 가까스로 그 소식을 전했다. 그 일은 너무도 괴로운 일이었다. 단순히 슬퍼서 그런 것은 아니었다. 살면서 한 번도 경험한 적 없는 엄청난 죄책감을 느껴야 했기 때문에 그랬다. 그 친구는 나에게 공부를 가르쳐주던 똑똑한 학생이었고 다정한 친구였다. 그리고 세상을 떠나기 불과 몇 주 전, 내게 힘들다는 말을 건넸다. 하지만 나는 그 말을 듣고도 무심히 지나쳤다. 모른 척했을지도 모른다. 내 머릿속에는 오직 과제와 시험 걱정뿐이었다. 결국 나는 도움을 받기만 했을 뿐 아무것도 해주지 못했다. 나는 그 친구와 가족들에게 너무도 미안했고 슬퍼하는 것조차 부끄러웠다. 하지만 그건 끝이 아니었다. 그 후 카이스트에서는 겨울부터 봄이 지날 때까지 한 달에 한 명씩 차례로, 친구들이 하늘로 떠났다. 하나의 죽음이 또 하나의 죽음으로 이어지는 경계에서 나에게도 조금씩 균열이 생겼다. 나는 반년간 TV에서 그 친구가 살던 아파트 창문을 봐야만 했다. 죽음의 순간, 그 친구가 맞닥뜨렸을 고통을 떠올리면서 미안한 마음을 감출 수 없었다.

그 해 여름, 친했던 고등학교 친구가 먼저 세상을 떠났다는 소식을 들었다. 옷도 갈아입지 않은 채 황급히 고속버스를 타고 장례식장에 찾아갔다. 장례식장은 이미 고등학교 동창들로 가득했고, 말 그대로 눈물바다였다. 검은 옷을 입은 동창들 모두가 그 끔찍한 사실을 받아들이지 못하고 있었다. 그리고 그때, 나는 처음으로 내게 무언가 큰 문제가 있음을 깨달았다. 장례식장에서 홀로 검은 옷을 입지 않은 채 서 있었던 나는 아무런 슬픔을 느끼지 못했다. 그 친구와는 고등학교 시절부터 서로 고민을 자주 나누었고, 그 친구는 여러 가지 문제로 힘들었던 어린 시절의 나를 버티게 해준 존재이기도 했다. 그런 친구가 먼저 세상을 떠났는데 아무런 감정을 느끼지 못했다. 겨우 만 스무 살의 어린 나였다.

그 후로 내 마음에는 형용할 수 없는 큰 공허함이 자리 잡았다. 시간이 흐를수록 그 자리는 점점 커져만 갔고, 그동안 나를 채워주던 어떤 것으로도 그 빈 공간을 메울 수는 없었다. 도대체 어디서부터 잘못된 것일까. 왜 세상은 나를 이렇게 괴롭히는 것일까. 나는 왜 그 친구들의 아픔을 모른 척했을까.

처음으로 내가 가고 있는 길에 의문이 들었다. 의문을 품고 싶어졌다는 말이 더 맞을지도 모르겠다. 생각해보니 언제부터 내가 이 길을 걷게 된 것인지 알 수 없었다. 그냥 정신을 차려보니 나는 누군가가 닦아놓은 길 위에 있었고, 그 길에서 조금이라도 벗어나는 게 무서웠다. 그 길 끝에 무엇이 있는지 알 수 없었지만, 사람들은 그 길 끝에 너의 인생을 빛나게 해줄 엄청난 무언가가 있을 거라고 했다. 하지만 확신이 서지 않았다. 정말 그 무언가가 내 인생을 행복하게 해줄까, 만약 그것으로 행복해지지 못한다면 내 인생은 무슨 의미가 있을까.

나는 떠나야만 했다. 아니, 떠나지 않고는 이 운명을 마주할 엄두가 나지 않았다. 지금까지 했던 것처럼 쳇바퀴처럼 똑같은 생활이 반복되는 한, 절대로 내가 원하는 답을 찾을 수 없었다. 그래서 내가 경험하지 못했던 전혀 다른 새로운 세계로 가기로 했다. 세상 밖의 다양한 모습을 보고, 보지 못한 삶을 느끼기 위해, 그곳에서 나는 어떤 사람인지, 어떤 것을 할 수 있는 사람인지, 무엇 때문에 행복하고, 무엇을 위해 사는지 알고 싶었다.

더 이상 내 인생을 나조차 모른 채 낭비하고 싶지 않았다.

종착지를 향해

다시 아프리카 황무지. 뜨거웠던 더위가 한풀 꺾이고 서늘한 바람이 불어왔다. 오랫동안 누워 있었던 탓인지 등 밑으로 땀 웅덩이가 축축하게 고여 있었다. 더 이상 하늘만 쳐다볼 수 없어 몸에 묻은 흙을 조금씩 털어내고 일어섰다.

아마도 처음이었을 것이다. 내가 정말 죽을 수도 있겠다는 생각이 들었던 게 말이다. 여전히 다리가 후들거려 제대로 서 있을 수 없었다. 신기한 일이다. 내가 이토록 죽음을 두려워하고 있었다니. 나에게 무언가 문제가 있다고 느꼈던 그때 이후로, 나는 내가 죽음을 두려워하지 않는다고 생각했다.

분명 그때는 죽음이 두렵지 않았다. 내 삶이 마음에 들지 않았다거나 치열한 삶에 싫증을 느껴 그런 것이 아니었다. 사람의 인생이 그토록 허무하게 끝나는 것을 지켜본 후 그저 사는 게 공허한 일이라 생각했다. 살아 있다는 것은 단지 혈관에 빨간 피가 흐르고 있는 상태일 뿐 큰 의미가 있다고는 생각하지 않았다. 하지만 아프리카 강도를 만나 삶과 죽음의 경계에 섰던 순간, 나는 죽음을 두려워하고 있었다.

무엇이 나를 바꾸었는지는 모른다. 하지만 여행을 하고 있는 동안 나는 분명 달라져 있었다. 매일매일 새로운 세계를 보는 게 즐거웠고 살아 있다는 게 행복했다. 전에는 느끼지 못했던 삶에 대한 설렘과 기대가 느껴졌다. 비로소 내 생각이 틀렸다는 것을 인정했다. 사람이 삶을 살아간다는 것은 결코 공허한 일이 아니었다. 그렇다고 어떠한 목표를 이루기 위해서도 아니었다. 새로운 하루를 맞이할 수 있다는 것은 그 자체로 축복이었다. 더 이상 다른 의미가 필요치 않았다.

이제는 이 여행의 끝이 보고 싶어졌다. 여전히 내 앞에는 내가 한 번도 경험하지 못한 새로운 세계들이 기다리고 있다. 겨우 이 정도 일에 여행을 그만둘 수는 없는 법이다. 나는 계속해서 여행을 하기로 했다. 종착지를 향해.

PART 2

모든 것이 새롭다

둥지를 떠나는 새

필리핀과 싱가포르를 거쳐 호주 브리즈번으로 날아가는 비행기 안. 저녁이 되자 그 많던 창문들이 하나씩 닫히기 시작했고, 미등을 제외한 모든 불들이 순식간에 꺼졌다. 사람들은 깊은 겨울잠을 준비하는 동물처럼 각자 편안한 자세를 취하기 위해 몸을 뒤척였다. 나 역시 잠을 청하기 위해 눈을 감고 계속 숫자를 세어 봤지만, 내게 먼저 찾아온 것은 잠이 아니라 배고픔이었다. 한 푼이라도 돈을 아끼기 위해 미리 기내식을 취소했다. 그렇게 모두가 잠든 비행기 안에서, 나는 가방에 넣어온 빵을 몰래 꺼내 한 입 크게 베어 물었다. 입안 가득 뻑뻑한 빵을 오물거리며 공항에서 나를 바래다주던 아빠의 마지막 말을 떠올렸다.

"나쁜 짓 하지 마라."

아빠는 내가 밤늦게 나갈 때나 여행을 가게 되면 항상 같은 이야기를 하셨다. 긴 여행을 떠나는 그날에도 별반 다르지 않았다. 한 번도 나쁜 짓을 하지 않고 살아왔다 자신하건만, 아빠는 항상 내가 나쁜 짓을 할까 걱정이신가 보다. 그 외에 별다른 말은 없으셨다. 앞으로 1년간 못 볼 것을 당연히 알고 있었지만, 우리 부자에게는 크게 와 닿지 않았다. 2012년 겨울, 군대에 입대하던 그날에도 그랬다.

“입대 장병들은 단상 앞으로 모여주시기 바랍니다.”

입대 장병들은 오와 열을 맞춰 천천히 운동장 외곽을 돌기 시작했다. 훈련소로 들어가기 전 마지막으로 가족들에게 작별 인사를 하는 순서였다. 짧게 머리를 깎은 입대 장병들이 저마다 가족들을 향해 손을 흔들고 작별 인사를 나누었다. 그중 유별난 몇몇은 갑자기 걸음을 멈추고 엎드려 절을 하는 바람에 줄을 무너뜨리기도 했고, 또 몇몇은 세상 떠나가듯 목 놓아 울기도 했다. 그 모습을 보고 있자니 멍한 얼굴로 가만히 걷고 있기가 민망했다. 그래서 마지막으로 손이라도 흔들까 하고 방금 전까지 아빠와 같이 있던 곳을 쳐다보았다. 하지만 아무리 눈을 씻고 찾아봐도 아빠 모습은 보이지가 않았다. 나중에 물어보니, 행사가 끝나면 나가는 길이 막힐까 봐 내가 운동장으로 불려 나가자마자 빠져 나갔다고 하셨다.

아빠는 항상 그랬다. 내가 무슨 일을 하더라도 오직 나쁜 짓 하지 말라는 말뿐, 크게 걱정하거나 반대한 적이 없었다. 아들을 믿어서 그런 건지, 아니면 별로 관심이 없어서 그런 건지는 아빠 당신만 알 듯하다. 하지만 그 반대의 경우는 달랐다. 나는 아빠가 새로운 일에 도전하실 때면 늘 반대했다.

환갑이 넘은 아빠는 컴퓨터와 스마트폰을 잘 다루고 싶어 구민센터에서 하는 수업도 다니시고 내게도 많이 물어보셨다. 하지만 수업은 몇 번 다니시다가 포기하기 일쑤였고, 내가 아무리 열심히 가르쳐드려도 얼마 지나지 않아 곧잘 잊어버리셨다. 심지어 몇 번은 이런 것에 속는 사람이 과연 있을까 싶은 단순 인터넷 사기도 당했다. 그리고 그때마다 나는, 아빠가 무언가에 그렇게 쩔쩔매는 모습이 싫고 화가 났다. 그래서 늘 아빠가 새로운 것을 하시려고 할 때면 반대했다. 아빠는 내게 그런 적이 없었는데 말이다.

세상에는 내가 노력해도 막을 수 없는 일이 있고, 내가 원하지 않아도 알게 되는 사실이 있다. 아빠는 분명 늙어가고 있었다. 어쩌면 나는 성인이 된 후에도 아빠가 나보다 모든 면에서 뛰어나길 바랐던 것 같다. 아빠는 점점 늙어가고 나는 어른이 되어간다는 사실을 아직은 받아들일 준비가 되어 있지 않았다. 그동안 항상 아빠의 도움을 받고 아빠에게 세상을 배워왔는데, 점점 그 반대의 상황이 되어가는 사실을 받아들이기란 정말이지 가슴 먹먹

한 일이다. 그 때문에 나는 아빠가 새로운 도전을 하실 때마다 괜스레 화가 났었나 보다. 혹여 아빠가 스스로에게 무력함을 느껴 자신감을 잃어버리실까 봐.

하지만 언제나 불가피한 사실을 외면할 수는 없는 법이다. 언제까지나 엄마, 아빠의 아들로서 세상을 배울 수는 없다. 이제는 스스로 세상 속으로 들어가야 한다.

1년간의 여행, 결코 짧지 않은 여행이 될 것이다. 하지만 두렵지 않았다. 세상에 존재하는 모든 삶의 경우를 두 눈으로 직접 확인하고 싶었다. 당찬 말괄량이 소녀였던 엄마가 원했고, 열심히 땀 흘리는 청년이었던 아빠도 원했던 인생이라 믿으며….

그렇게 이런저런 생각을 하다 보니 비행기는 이미 호주의 붉은 아웃백 상공을 날고 있었다.

여전히 아빠는 우리 가족 중에서 가장 최신형 스마트폰을 사용하신다. 원래 가격보다 비싸게 구입하기 일쑤고, 사용법을 아는 앱도 몇 개 없으시지만, 이제는 화내지 않기로 했다. 아빠가 좋으면 그걸로 된 일이다.

구다이마잇 브리즈번

비행기는 최종 목적지인 브리즈번에서 2시간가량 떨어진 골드코스트에 착륙했다. 호주의 첫인상은 한마디로 쨍쨍했다. 하늘도 쨍쨍하고 바다도 쨍쨍하고, 호주의 모든 물체가 강렬한 빛을 쏘아대는 것 같아 눈이 시렸다.

기차를 타고 브리즈번으로 이동할 계획이었는데 갑자기 문제가 생겼다. 철로에 원인 모를 문제가 생겨서 운행이 멈춘 것이다. 기차역 매표원이 뭐라고 말했는지 정확히 알아듣지는 못했다. 기차 문제, 중지라는 단어가 귀에 들어와서 나름대로 추측해본 것이다. 호주의 톡톡 쏘는 영어 발음은 평소에 듣던 부드러운 미국식 영어와는 전혀 달랐다. 어느 정도 예상은 했지만 직접 두 귀로 듣게 되니 귀만 아프고 난감할 뿐이었다.

특히 호주 사람들이 왜 자꾸 나보고 '구다이마잇'이라고 하는지는 정말로 이해할 수 없었다. 교통정리를 하는 활주로의 직원도, 길가에서 풍선을 파는 수염 난 아저씨도, 눈이 마주친 모든 사람들이 "구다이마잇" 하고 말을 건넸다. 그래서 이 말을 들을 때마다 "네? 뭐라고요?" 하고 되묻곤 했지만, 그들은 그저 웃음으로 화답할 뿐이었다. 대체 '구다이마잇'이 무슨 뜻인지 알 수 없어 심각한 고민에 빠져들었다.

'구다이마잇… 앞을 잘 보라는 뜻인가? 그냥 날씨가 좋다는 뜻인가? 설마 동양인을 비하하는 말?'

다행히 기차역 밖에는 브리즈번으로 향하는 버스가 대기 중이었다. 곰곰이 생각해보니 아까 매표원이 '버스'라는 말도 같이 했던 것 같았다. 20달러를 지불하고 버스에 올라타는데, 기사 아저씨가 다시 "구다이마잇" 하고 말을 걸었다. 또다시 "네? 뭐라고요?" 하고 되물으려던 찰나, 순간 뒤통수를 세게 얻어맞은 기분이 들었다. 그리고 마침내 알게 되었다. '구다이마잇'은 'Good day Mate!'(좋은 날 보내, 친구야)라는 인사라는 사실을. 갑자기 얼굴이 뜨거워졌다. 다시는 "구다이마잇"에 "뭐라고요?"로 바보처럼 되묻지 말아야겠다는 생각을 했다.

버스는 호주의 쨍쨍한 도로 위를 거침없이 달렸다. 그렇게 2시간을 달려 호주 퀸즐랜드 주의 주도, 브리즈번에 도착했다.

"구다이마잇 브리즈번!"

캥거루포인트 수용소

몇 시간을 자고 일어났는지 기억이 나지 않았다. 브리즈번에 도착하자마자 시내 중심의 호스텔에 체크인해서 계속 잠을 잤다. 다음 날도, 그리고 그다음 날도, 계속 잠을 자는 것 말고는 아무것도 할 수 없었다. 에어컨이 세차게 돌아가는 비행기에서 반팔만 입고 있다가 감기에 걸린 것이다. 하지만 계속 이곳에 머무를 수는 없었다. 이 호스텔은 8인실을 써도 하루에 31달러나 내야 했다. 호주에 도착하자마자 길바닥에 나앉을 수는 없었으므로 당장 다른 집을 찾아야 했다. 다행히 브리즈번의 남쪽, 캥거루포인트라는 지역에 하루 15달러짜리 방이 있다는 소식을 들었다. 더 이상 고민할 필요 없이 곧장 배를 타고 브리즈번 캥거루포인트로 향했다.

여느 강가가 그렇듯이, 브리즈번도 긴 강을 따라 고급 레스토랑들이 즐비하게 자리 잡고 있었다. 만약 내가 서울에 있었고 이곳이 한강이었다면, 이 레스토랑들을 바라보며 이렇게 생각했을 것이다.

'와, 저기서 감자튀김이랑 차가운 흑맥주 한잔 마시면 좋겠다.'

하지만 당장 방값을 걱정해야 하는 가난한 여행자는 이런 생각을 하고 있었다.

'저기서 설거지라도 할 수 있으면 얼마나 좋을까? 가끔 스테이크도 얻어먹고.'

힘들게 찾아간 캥거루포인트 집의 첫인상은 마치 수용소 같았다. 먼지 가득한 소파가 놓여 있는 거실 옆 복도를 따라 비좁은 방들이 줄지어 있었고, 어떻게 집어넣었는지 궁금할 정도로 방마다 2층 침대 여러 개가 테트리스 블록마냥 쌓여 있었다. 돈이 없어서 당장 이곳에 짐을 풀기는 했지만 썩 유쾌한 곳은 아니었다. 같은 방에서 지내는 어떤 사람은 매일 밤마다 카지노에 다니고 있었는데, 농장에서 번 돈을 잃어 펑펑 울었는지 두 눈이 무서우리만치 붉게 충혈되어 있었다.

얼른 캥거루포인트 수용소를 탈출해야겠다는 생각이 들었다. 오래 있다가는 나 역시 곧 폐인이 될 것만 같았다. 그나마 이곳의 좋은 점이 딱 하나 있었다. 건물 외벽에 비키니를 입고 미소 짓는 여자가 그려진, 어마어마하게 큰 간판이 걸려 있다는 것. 그래서 마을 어디서든 집을 찾기가 수월했다.

하지만 탈출하고 싶다고 해서 할 수 있었다면 굳이 수용소라고까지 부르지도 않았을 것이다. 이곳은 가난한 여행자들의 불가피한 선택이었다. 호주에 입국할 때 내가 가지고 온 돈은 정확히 1000호주달러(약 80만 원). 당장 내야 하는 방세가 매주 105달러였고, 핸드폰 요금이 한 달에 30달러는 했으니, 식비랑 보증금 등을 따져보면 이 수용소에서도 오래 버티기는 힘든 상황이었다. 그래서 일단 가까운 마트에 가서 식빵과 계란 잔뜩, 24개가 묶여 있는 냉동 소시지를 구입했다. 앞으로 일자리를 구할 때까지 어떻게든 이것으로 버텨보자 생각하면서 말이다.

여행을 떠나면서 스스로 했던 약속이 있다. 여행이 끝날 때까지 절대 부모님의 도움을 받지 않겠다는 것이었다. 당연하고 평범한 다짐이지만 내게는 정말 중요했다. 만약 부모님에게 도움을 받을 수 있다는 생각이 조금이라도 들면, 앞으로 내가 어떤 일을 하더라도 은연중에 필사적이지 않겠다는 생각이 들어서였다.

boobah swimwear
sunbabe
DESIGNER LABEL
Boobah.com.au
287
CUSTOMER CAR PARK
boobah swimwear
07 3891 7777
boobah.com.au
CATERING CRUMBS.com.au
SPEED CAMERA AHEAD
KANGAROO POINT

너의 웃는 인상이 부러워

'칼라마리는 8개 집어서 튀김옷 얇게, 190도 근처에서 3분.'

한국 식당에서 서빙을 하다가 기차역 마트에서 비빔밥을 팔았고, 거대한 쇼핑센터에서 요거트를 만들기도 했으며, 일식집 주방에서 요리를 하기도 했다. 당장 돈이 없었기 때문에 이것저것 닥치는 대로 일을 했다. 모두 처음 해보는 일이어서 쉽지만은 않았는데 그래도 해야 할 일들을 메모지에 적어서 하나씩 익혀가니 적응하는 데에 큰 문제는 없었다. 사실 문제는 다른 곳에 있었다.

"표정이 너무 굳어 있어요."

표정이 굳어 있다는 말과 함께 아르바이트 면접에서 세 번을 내리 떨어졌다. 생각해보니 나는 표정을 숨기는 일에는 익숙했지만 표정을 짓는 일에는 익숙하지가 않았다. 내 감정이 표정으로 고스란히 드러나는 게 이상하게 부끄러웠다. 그래서 잘 울고 잘 웃을 수 있는 사람들이 부러웠다. 나는 웨이터처럼 고객을 대하는 일에 그다지 알맞은 사람이 아니란 생각이 들었다. 하지만 당장 일자리가 필요한 내게 이런 생각은 사치일 뿐이었다. 나는 곧장 웃는 인상을 가지기 위한 노력을 시작했다. 길가에서 눈이 마주치는 사람들에게 미소를 보냈고, 어디서든 항상 얼굴에 웃음기 가득한 표정을 짓고 다녔다. 남들이 미친 사람처럼 생각할까 걱정도 했지만 적어도 호주에서 이런 걱정은 쓸데없는 것이었다. 이곳에서는 처음 보는 사람들끼리 말 거는 일을 전혀 어려워하지 않았다. 눈이 마주치면 자연스럽게 웃음을 건넸고, 날씨가 좋다는 이야기를 하며 대화를 시작했다.

처음 보는 사람과 미소를 짓고 대화를 나누는 것은 기분 좋은 일이었다. 사람에 대한 경계를 조금은 풀고 사는 것도 괜찮지 않을까 하는 생각이 들었다. 가끔 섞여 있는 나쁜 사람을 피하기 위해 모든 사람을 경계하는 것은 안타까운 일이다.

한 달 정도 지나가는 사람들에게 웃음을 건네고 다니던 중에, 일하고 있던 곳의 동료가 내게 이런 말을 해주었다.

"성호, 난 너의 웃는 인상이 부러워."

아직은 내게 힘든 일

"맛있게 드세요!"

제법 규모가 큰 한식당에서 서빙을 하던 중이었다. 김이 모락모락 나는 뜨거운 돌솥비빔밥을 손님 테이블에 놓고 주저 없이 돌아서는 찰나, 손님이 갑자기 내 이름을 불렀다. 아니, 내 별명을 불렀다.

"개미?"

그때 나는 수습 기간이었기 때문에 이등병마냥 한참 긴장해 있던 상태였다. 그런데 갑자기 한국에서만 듣던 별명을 호주 브리즈번에서 듣다니, 대체 누가 내 별명을 부르는 것일까.

"개미, 너 여기서 뭐해?"

알고 보니 내가 음식을 가져다준 손님은 대학교에서 같은 동아리를 했던 친구였다. 지구 반대편, 세계에서 여섯 번째로 큰 나라에서, 그 많은 음식점 중에 하필 이 음식점, 그것도 열 명이 넘는 종업원 중에 내게 배정된 테이블의 손님이 대학교 동기라니. 정신을 차리고 다시 반갑게 인사를 나누었다. 친구는 외국인으로 보이는 직장 상사와 함께 점심을 먹으러 방문한 듯했다. 한참 금전적으로 심적으로도 고달팠던 시기라 옛 친구를 만난 게 반가웠다. 하지만 식당이 워낙 바빴기 때문에 몇 마디 나누지 못하고 헤어졌다.

일을 마치고 집에 돌아와 인터넷으로 그 친구를 찾아보았다. 그 친구는 막 대학교를 졸업하고 브리즈번에서 회사를 다니고 있었다. 오랜만에 연락한 친구에게 늘 하던 것처럼 '다음에 시간 맞으면 밥이라도 먹자'라고 메시지를 보내려 했다. 하지만 결국 그 짧은 메시지를 보내지 못했다. 당장 커피 마실 시간과 돈도 없었을뿐더러, 학교를 졸업하고 호주에서 직장을 다니는 친구와 아직 졸업도 하지 않은 채 외국의 한식당에서 돌솥비빔밥을 나르는 내 상황에서 묘한 괴리감이 느껴졌다. '내가 여기서 뭘 하고 있는 걸까' 하는 생각이 스쳐 지나갔다.

매번 이런 생각을 한다. '내가 옳은 선택을 한 것일까?' 그리고 이 옳은 선택이란 대부분의 사람들이 가는 길을 의미했다. 자연히 많은 사람들이 가지 않는 길은 옳지 않은 선택이 되었다. 그리고 지금 나는 분명 옳지 않은 결정을 했다. 하지만 이 옳지 않은 결정이, 옳지 않은 결과를 가져올 것이라고는 믿지 않는다. 내가 속한 집단에서 평범하지 않은 길을 간다는 것은 분명 어려운 결정이었다. 하지만 그보다 훨씬 더 어려운 게 있었다. 내가 한 선택에 확신을 갖고, 다른 사람들이 의문을 갖더라도 흔들리지 않는 것. 나는 그게 참 어렵고 힘들었다.

HUNGRY JACKS

베란다가 씌운 콩깍지

일하는 곳에서 가까운 차이나타운으로 이사했다.

사람이 세 명 이상 타기 힘든 좁은 엘리베이터를 타고 4층으로 올라가면, 매캐한 곰팡이 냄새가 가장 먼저 나를 반기는 곳이었다. 가운데 거실을 기준으로 양옆에 방이 하나씩 있었는데, 한쪽은 내가 쓰는 방이었고 다른 방에는 필리핀, 이탈리아 여자들이 살았다. 그리고 같이 사는 녀석들이 더 있었는데, 바로 바퀴벌레 친구들이었다. 요리를 할 때도, 샤워를 할 때도, 책을 읽을 때에도 항상 바퀴벌레 친구들이 쓱 지나다니며 인사를 건넸다.

빌라는 밤새 취객들이 고성방가를 일삼는 유흥가 뒷골목에 있었다. 이곳 차이나타운에는 브리즈번의 유명한 술집과 클럽들이 몰려 있었는데, 그 때문에 브리즈번의 다른 지역이 밤 8시만 되어도 조용해지는 것과 달리, 이곳은 아침 해가 뜰 때까지 시끌벅적했다. 밤늦게 일을 끝내고 돌아올 때면 술과 약에 취한 취객들이 심심치 않게 시비를 걸어왔고, 때론 나를 향해 열심히 몽키를 부르짖는 사람들도 있었다.

그래도 나는 새 집이 마음에 들었다. 이유가 참 단순했지만, 우리 방에서만 사용할 수 있는 거대한 베란다가 있어서였다. 내게 베란다는 이 모든 악조건을 기분 좋게 받아들일 수 있게 만들어주는 치유의 공간이었다. 그 거대한 베란다에는 오직 의자만 딱 두 개 있었는데, 나는 항상 이 의자에 앉아서 음악을 듣거나, 맥주를 마시고, 밥을 먹고, 그냥 멍하니 시간을 보내기도 했다.

좋은 점이 더 많은가, 싫은 점이 더 많은가는 때로 무의미하게 느껴진다. 사람에게는 좋아하는 것 하나만으로 힘든 것들을 잊고 행복해질 수 있는 힘이 생긴다. 그리고 그와 반대로, 나를 힘들게 하는 한 가지 때문에 모든 좋은 것들이 무의미해질 때도 있는 법이다.

상황을 바꾸는 것은 쉬운 일이 아닐 때가 많다. 그래서 나는 내가 좋아하는 것에 더 마음을 쏟는 연습을 하려 한다. 생각보다 어려운 일도 아니다. 누군가를 좋아할 때처럼, 눈에 콩깍지 하나 더 씌우면 될 일이니까. 콩깍지 씌우는 일은 벗기는 일에 비하면 아무것도 아니니까.

남는 건 성호에게

나는 거대 레스토랑의 만능 조수였다. 그곳은 차이나타운 뒤쪽에 위치한 굉장히 커다란 건물이었는데, 아시안푸드 레스토랑, 화덕피자 가게, 도넛 가게, 카페, 이탈리안 레스토랑, 나이트클럽, 술집 등 여러 가지 가게가 한데 섞여 있었다. 가게 종류만큼이나 하는 일도 아주 다양했다. 설거지와 재료 준비, 바닥 청소는 기본이고, 화로에 들어가 장작 찌꺼기들을 쓸기도 하고, 꽁꽁 얼어붙은 냉동 통돼지를 어깨에 둘러메기도 하고, 요리사들의 개인 비서가 되기도 했다. 그 거대한 건물에서 해야 하는 모든 잡일은 전부 내 소관이었다고 보면 된다.

가게는 항상 문전성시를 이루었다. 특히 금요일이나 주말에는 하루에 수백 팀의 주문을 받곤 했다. 이런 날 주방에서는 거의 목

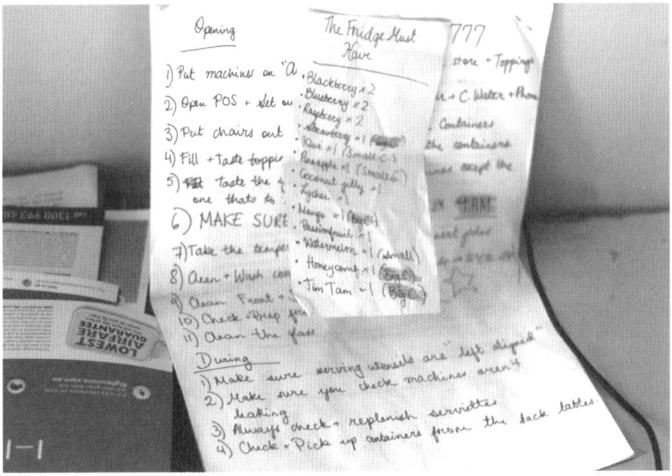

Opening
1) Put machines on
2) Open POS + set
3) Put chairs out
4) Fill + Taste
5) taste the
6) MAKE SURE
7) Take the
8) Clean + Wash
9) Clean Front +
10) Check + Prep
11) Clean the glass
The Fridge Must Have
• Blackberry x 2
• Blueberry x 2
• Raspberry x 2
• Strawberry x 1
• Kiwi x 1 (Small C)
• Pineapple x 1 (Small C)
• Coconut jelly x 1
• Lychee x 1
• Mango x 1 (Big C)
• Passionfruit x 1
• Watermelon x 1 (Small)
• Honeycomb x 1 (Big C)
• Tim Tam x 1 (Big C)
During
1) Make sure serving utensils are "left dipped"
2) Make sure you check machines aren't leaking
3) Always check + replenish serviettes
4) Check + Pick up containers from the back tables.

숨을 건 전쟁이 일어나는 듯했다. 설거지를 아무리 빨리 해도 주문 들어오는 속도를 따라잡을 수가 없었다. 잠시라도 한눈을 팔면 순식간에 수십 개의 접시와 프라이팬이 거대한 산만큼 쌓여 있었다. 게다가 식료품 창고는 건물에서 한참이나 떨어져 있었기 때문에 갑자기 부족한 물품들을 가져오려면 정신없이 이리저리 뛰어다녀야만 했다. 특히 중학생만 한 덩치의 냉동 통돼지를 높이 들고 거리를 활보할 땐, 지나가던 사람들이 신기한 표정으로 사진을 찍어댔다.

그래도 나는 그곳이 지금까지 일했던 어떤 곳보다도 좋았다. 사장님이 친절하기도 했고, 같이 일하는 세계 각국의 요리사, 바텐더, 웨이터 동료들이 좋은 것도 있었고, 가게에 항상 음악이 울려퍼져서 직원과 손님이 어우러져 전부 춤을 추는 모습도 좋은 이유 중에 하나였다. 하지만 그곳이 좋은 가장 큰 이유는 따로 있었다.

그곳에서 일하면서는 단 한 번도 배고픈 적이 없었다. 나는 그 가게의 만능 조수이자 음식물 처리반이었다. 같이 일하는 동료들은 남는 음식이 생기거나 잘못 주문된 음식이 생길 때, 혹은 그냥 먹고 싶은 음식이 생길 때 항상 가장 궂은일을 하는 나부터 챙겨주었다. 한 번도 이 호의를 거절한 적이 없었고 누구보다 맛있게 음식을 먹어치웠다. 그래서 한참 일을 하고 있다 보면 여기저기서 이런 소리가 들려왔다.

"아, 그거? 성호 줘."

"어쩔 수 없지, 그냥 성호 줘."

"거기 남는 거 있으면 성호도 줘."

일을 하다 뒤를 돌아보면 선반 위에 치킨 버거, 안심 스테이크, 허니 치킨, 양갈비 바비큐, 누텔라 도넛 등등 좋아하는 음식들이 잔뜩 쌓여 있었다.

가장 좋아하는 시간은 모든 직원들이 전부 퇴근한 뒤였다. 새벽 1시에서 2시쯤이었는데, 항상 가게에 혼자 남아 정리 청소와 다음 날 재료 준비를 하곤 했다. 내게는 이 시간이 하루 중 유일하게 주어지는 혼자만의 시간이었다. 먼저 가게 구석구석 바닥까지 물청소를 다 끝내고 주방에서 커다란 냄비를 꺼내왔다. 그리고 바닥에 휴지통을 뒤집어 깔고 앉아 40킬로그램 포대에 담긴 양파들을 하나씩 까서 냄비에 넣기 시작했다. 그렇게 계속 양파를 까다 보면 눈물이 나왔다. 슬프지는 않았다. 오히려 이런 생각을 자주 하곤 했다.

'언젠가 내가 이곳을 떠나면 이 많은 음식들을 누가 처리할까?'

이제 보니 참 쓸데없는 걱정이었지만.

모든 불안함을 설렘으로

어느덧 지갑이 꽤 두꺼워져 뉴질랜드 남섬 일주를 하기로 계획했다. 그리고 그 후에는 브리즈번이 아닌 호주의 다른 도시로 이동하기로 했다. 막상 브리즈번을 떠날 생각을 하니 두려운 마음이 들었다. 번화가에서 가장 큰 레스토랑에서 일하며 이제야 생활이 안정되기 시작했는데, 새로운 도시로 이동해서 다시 자리를 잡을 수 있을까 하는 의문이 들었다. 캥거루포인트 수용소에 지내면서 매일 이력서를 뿌리고 다니던 가난했던 때가 떠올랐다.

하지만 조금씩 생활이 안정되기 시작한 이때가 이곳을 떠나기 가장 좋은 때라는 생각이 들었다. 내가 여기에서 계속 지낸다면 더 많은 돈을 벌 수 있을 것이고 가끔 여행도 다니며 맛있는 식사도 할 수 있을 것이다. 하지만 침대에 누워 책을 보다 잠이 들었던 수많은 경험들 때문인지, 편안한 생활은 분명 나를 게으르게 만들 것임을 알고 있었다. 그래서 나는 계속해서 나를 불편하게 만들기로 했다.

렌터카를 끌고 좋아하는 음악을 들으며 공항으로 향했다. 온몸의 세포가 온통 설렘으로 가득 차 있었다. 이 순간만큼은 미래에 대한 어떠한 불안함이나 두려움도 의미 있게 느껴지지 않았다. 모든 의심을 사라지게 만드는 설렘이었다.

번지점프를 하다

"인생의 절벽 아래로 뛰어내린다 해도, 그 아래는 끝이 아닐 거라고 당신이 말했습니다. 다시 만나 사랑하겠습니다. 사랑하기 때문에 사랑하는 것이 아니라, 사랑할 수밖에 없기 때문에 당신을 사랑합니다."

아주 어린 시절, 그러니까 내가 지금의 반만 했을 때 〈번지점프를 하다〉라는 영화를 본 적이 있다. 그리고 그 영화의 마지막, 주인공들이 줄 없이 맨몸으로 아득한 강 아래로 뛰어내리는 장면은 오랫동안 내 머릿속에 그림처럼 남아 있었다.

나도 그날, 세계에서 맨 처음 번지점프가 생긴 곳에서 내 인생의 가장 멋진 장면을 만들어주고 싶었다. 그리고 푸른 카와라우 강의 청아한 풍경은 그런 순간을 만들어주기에 완벽한 장소였다.

거대한 절벽과 절벽 사이를 잇는 버려진 철교 위 한가운데에서 나는 전혀 두렵지 않았다. 머릿속에는 온통 '어떻게 해야 가장 멋지게 떨어질 수 있을까?' 하는 고민뿐이었다.

"3…2…1… 번지!"

점프대를 박차고 뛰어내리는 순간, 몸을 한 바퀴 돌려 마지막 인사를 했다. 카와라우 강을 향해 엄청난 속도로 온몸이 빨려 들어갔다. 순식간에 지나가버린 순간이었고 인생의 끝에 가장 가깝게 다가간 순간이었다. 하루 종일 심장이 두근거렸고 온몸에 엔도르핀이 솟구쳐 올랐다.

어쩌면 사람들이 이런 아찔한 미친 짓을 즐기는 이유가 평소에 당연하게 받아들이는 '내가 살아 있다'라는 감정을 다시 한번 느끼고 싶어서가 아닌가 하는 생각이 들었다. 삶과 죽음의 아찔한 경계에 서 있을 때 사람은 비로소 그 경계가 얼마나 가까운지 깨닫게 된다. 그래서 죽을 고비를 넘겼던 사람들이나 주변의 죽음을 여러 번 지켜본 사람들이 인생 순간순간의 소중함과 의미를 더 잘 알고 있는 것일지도 모른다.

그렇게 나는 뉴질랜드 카와라우 강 철교 위에서 새로운 경험을 하나 추가했다. 빠른 시간 안에 최대한 많은 돈을 쓰는 방법에는 번지점프도 그중에 하나일 듯싶다. 번지점프를 하기 위해 쓴 돈은 뉴질랜드달러로 280달러, 자그마치 25만 원에 달하는 돈이 3초 만에 먼지가 되어 사라져버렸다. 이 돈을 모으기 위해 매일 새벽 식당 주방에 홀로 쭈그리고 앉아 양파를 깠고, 온기가 남아 있는 뜨거운 화로 속에 들어가 벽돌에 묻은 재를 수세미로 박박 닦아야만 했다.

하지만 돈이 아깝다는 생각은 전혀 들지 않았다. 어차피 이러기 위해 모은 돈이었으니까. 인생에 새로운 경험 하나를 추가하는 것은 좋든 나쁘든 항상 무언가를 남기기 마련이다. 그리고 그 무엇이 내 인생에 어떤 영향을 끼칠지는 아무도 모른다.

만년설의 맛

뉴질랜드 퀸스타운에서 헬리콥터 투어를 할 수 있다는 것을 알았을 때 조금도 주저하지 않고 큰돈을 지불했다. 곧바로 다음 날 승강장으로 이동했고 헬리콥터는 느슨하게 내리는 빗속을 뚫고서 걸어서는 오를 수 없는 만년설의 정상으로 날아갔다.

만년설의 정상은 사람의 세계가 아닌 것 같았다. 모든 것이 하얗고 눈부셨다. 조종사가 나에게 눈을 먹어보지 않겠냐고 물었다. 두 손 가득 눈을 모아 입속으로 가져갔다. 내가 알고 있는 눈이란 대기 중의 구름으로부터 지상으로 떨어져내리는 무색무취의 얼음 결정, 단지 그뿐이었다. 하지만 만년설 정상에서 맛보았던 눈은 정말로 맛있었다.

참 궁금한 일이다. 왜 눈이 이렇게 맛있게 느껴지는 것일까?

정말로 이 눈이 내가 평소에 보던 눈과는 다른 성질로 이루어져 있는 것일까? 아니면 특수한 상황에서 오는 심리적 요인으로 인한 착각 때문일까? 혹시 내가 착각했나 싶어 이번에는 더 많은 눈을 먹었다. 눈은 여전히 끝내주게 맛있었다.

이내 이런 의문을 품는 것을 그만두기로 했다. 고민하기엔 그 순간이 아까웠다. 가끔은 머릿속을 텅 비우고 현재의 느낌을 즐기는 것이 행복해지기 위해서 더 현명한 방법이란 생각이 들었다. 그 느낌이 거짓인지 진실인지, 과학적인지 비과학적인지, 자의적인지 타의적인지는 중요하지 않았다.

생각해보면 나는 항상 머릿속 의문을 어떻게든 채우려고 노력했다. 상황의 원리를 알려 했고, 행동의 의도를 파악하려 했고, 모습의 실체를 궁금해했다. 그렇게 머릿속은 채울 수 있었지만 마음까지 채우지는 못했다.

때로는 세상을 머리가 아닌 오감으로 받아들이고 싶다. 만년설의 눈이 왜 맛있는지 영원히 모르고 살아도 그다지 문제는 없을 것이다. 내가 간직해야 하는 것은 오직 맛있게 만년설의 눈을 먹었던 그때 그 느낌이다.

더 이상 빌 소원이 없다

하늘에서 별이 하나씩 떨어질 때마다 소원을 하나씩 빌기로 했다.

첫 번째 별이 떨어진다. 첫 번째 소원을 빈다.

두 번째 별이 떨어진다. 두 번째 소원을 빈다.

세 번째 별이 떨어진다. 세 번째 소원을 빈다.

얼마 지나지 않아 소원을 비는 것을 그만두기로 했다. 별이 떨어지지 않아서가 아니었다. 떨어지는 별의 수만큼 더 이상 빌 소원이 없었기 때문이다.

뉴질랜드 테카포 호수는 뉴질랜드 원주민의 말로 '밤하늘이 쉬어가는 곳'이다. 이날 태어나서 가장 많은 별들을 보았다. 마치 살아 있는 생물을 보는 느낌이었다. 추운 날씨에 입김이 나오고 손발이 얼어붙어갔지만, 밤하늘에서 한시도 눈을 뗄 수가 없었다.

이렇게나 많은 별들을 보고 있으니 황홀했다. 별빛은 지구에 있는 내 눈에 들어오기 위해 몇백, 몇만 광년의 시간을 달려왔기 때문에 저 별들은 모두 과거의 모습일 것이다. 현재에 서서 저 별들을 바라보고 있지만, 저 별 하나하나는 각기 다른 과거의 모습을 비추고 있는 것이다. 만약 저 별들이 사람이었다면, 저 별은 누군가의 어린아이 시절, 누군가의 바로 어제, 누군가의 죽기 직전 모습일지도 모르는 일이다. 두 눈으로 직접 수만 가지 과거를 한 번에 볼 수 있는 유일한 방법, 그것이 바로 밤하늘을 바라보는 일이다.

'호주나 뉴질랜드나 별반 다른 게 있을까….'

처음에 뉴질랜드를 가려고 계획을 세웠을 때 이런 생각이 계속 들었다. 한국에 살던 내게 호주와 뉴질랜드는 둘 다 똑같은 오세아니아 국가였으니까. 하지만 이런 생각은 뉴질랜드에 온 후로 완전히 깨져버렸다. 비행기를 타고 불과 몇 시간 만에 날아올 수 있는 가까운 나라였지만 너무나 다른 세상이었다. 카와라우 강에서 몸을 던질 때 느꼈던 전율, 퀸스타운 만년설 정상에서 눈을 먹었을 때의 신선함, 테카포 호수 위 밤하늘의 수많은 별들을 보며 느낀 감동, 호주를 떠나오지 않았다면 경험하지 못했을 감정들…. 처음으로 이런 생각이 들었다.

'1년 동안 호주에만 있기는 아쉬워.'

도돌이표

처음 호주에 왔을 때와 똑같이 1000달러를 통장에 남겨둔 채 브리즈번보다 훨씬 작고 아담한 도시, 호주의 북쪽에 있는 케언즈로 이동했다. 케언즈는 한겨울에도 온도가 30도에 육박하는 더운 곳이다. 공항에서 나오자마자 더운 공기가 몸을 감싸기 시작했다. 무거운 배낭을 메고 한 걸음 한 걸음 걸을 때마다 땀이 뚝뚝 흘러내렸다. 그렇게 한동안 지낼 만한 호스텔을 찾아 시내 이곳저곳을 둘러보았다. 얼마 걷지 않았는데도 조금만 가다 보면 금방 도시 끝에 도착하고는 했다.

케언즈는 해안가에 인접한 도시였지만 해수욕장이 없었다. 해변가에는 항상 바닷물이 빠져 있어서 오직 드넓은 갯벌만이 끝없이 보였다. 그래서 케언즈 사람들은 해변가 옆에 엄청난 크기의 인공 해변을 만들어두었다. 에스플러네이드 라군은 케언즈의 상징이자 수많은 여행자들에게 큰 사랑을 받는 아름다운 곳이다. 환상적인 하늘과 훌륭한 인공 해변, 그리고 그 옆에서 선탠을 하고 바비큐 파티를 하는 사람들, 아무리 생각해도 부족할 게 없는 곳이었다.

그렇게 한참을 둘러보다가 돌아다닌 호스텔 중에서 그나마 가장 방값이 싼 곳을 찾아갔다. 6인실에서 하루를 자는데 20달러였지만, 협상 끝에 6일을 자면 하루는 무료로 숙박하기로 했다.

'괜히 방값이 싼 게 아니었구나….'

방문을 여는 순간 엄청난 악취와 함께 축축한 기운이 그대로 전해져 왔다. 방에는 창문도 환풍기도 없었고, 침대에는 엄청난 거구의 서양인 친구가 팬티만 입은 채 코를 골며 자고 있었다. 슬며시 그 옆을 바라보니 음식물 쓰레기가 가득한 프라이팬과 식기들이 가득 쌓여 있었다. 이런 모습을 보고 있자니 브리즈번에 처음 도착했을 때 머물렀던 캥거루포인트 수용소가 생각났다.

'그래, 이 정도는 되어야 새로 시작할 맛이 나지.'

나는 더 이상 뉴질랜드 남섬을 일주하던 여행자가 아니었다. 일자리를 구하러 가게들을 전전해야 하는 가난한 워홀러로 돌아온 것이었다. 그래도 다행히 일은 잘 풀렸다. 해변가에 있는 근사한 레스토랑에서 성공적으로 면접을 마쳤다. 아무래도 브리즈번에 있는 가장 바쁜 식당에서 일을 한 경험이 있다 보니 일을 구하는 게 전보다 어렵지는 않았다. 시급 21달러. 즐겁게 일을 하며 때때로 해변에서 수영을 하고 놀아도 쉽게 돈을 모을 수 있는 완벽한 조건이었다.

앞으로 이곳에 살면서 어떤 일들이 벌어질까 곰곰이 생각해보기로 했다. 매일 아침, 레스토랑에 출근해 그날 요리에 쓰일 각종 해산물과 식재료를 준비하고, 때로는 끊임없이 밀려드는 설거지에 정신없이 일을 할 것이다. 그래도 쉬는 시간에는 에메랄드빛 바다를 보며 셰프가 해주는 요리를 먹을 수도 있을 것이고, 밤에는 발코니에서 음악을 들으며 맥주를 마시기도 할 것이다. 어쩌면 주말에는 인공 해변에 가서 수영도 하고 스케이트보드도 타며 바비큐 파티도 할 수 있을 것 같았다. 생각만 해도 즐거워졌다. 그런데 이 장면들이 뭔가 익숙하다는 생각이 들었다.

이십대 청춘에 1년 동안 내 맘대로 살 수 있다는 것은 살면서 다시는 가질 수 없는 기회일지도 모른다. 그래서 나는 깊은 고민에 빠졌다. 앞으로 케언즈에 살면서 겪게 될 일들은 사실 해보지 않아도 이미 해본 일들이었으니까.

처음 한국을 떠날 때 1년간 여행을 하면서 내가 그동안 살았던 인생이 세상의 전부가 아님을 직접 확인하고 싶었다. 그리고 이 여행의 마지막 날, 스스로 '정말 많은 경험을 했어'라는 생각을

하기를 원했다. 하지만 더 이상 이곳에서는 새로운 경험을 할 수 없을 것 같다는 생각이 들었다.

그렇게 깊은 고민에 빠져 있는 동안 어느새 지갑은 점점 가벼워지고 마음은 초조해지기 시작했다.

난 지옥으로 갈래

여행을 함께한 친구가 있었다. 바닷바람 소리만 들려오던 케언즈의 늦은 밤, 그 친구에게 내 고민을 얘기했다. 호주에 오래 있을 생각이 없다고, 한국으로 돌아가기 전에 더 많은 곳을 보고 더 많은 경험을 해보고 싶다고 말이다. 하지만 친구의 생각은 달랐다. 그 친구는 그동안의 생활에 지쳐 있었고 앞으로 이곳에 머무르며 여유롭고 안정된 휴가를 보내길 원했다. 서로의 방향이 완전히 달랐다. 설득할 마음은 생기지 않았다. 각자 원하는 게 다르다는 것을 알고 나니 더 이상 서로가 함께 있을 수 없겠다는 생각이 들었다. 서운하다거나 미운 감정이 아니었다. 그저 서로의 목표를 존중해야겠다는 생각이었다.

다음 날 새벽 5시, 친구가 완전히 잠에 빠져 있는 동안 조용히 숙소를 빠져 나왔다. 각자 원하는 여행을 하다가 언젠가 다시 만나기로 약속했기 때문에 굳이 작별 인사를 나누지 않아도 되었다. 이제부터는 각자 알아서 원하는 길을 가는 것이었다. 밖은 깜깜하고 아무것도 보이지 않았지만 발걸음은 여느 때보다 가벼웠다. 어디로 갈지도 정해져 있었다. 바로 전날 같은 숙소에서 만난 영국인 청년의 말이 생각나서였다.

"거긴 정말 지옥이었어."

그 영국인 친구는 이곳에 오기 전에 바나나 농장에 있었는데 바나나 농장에서 일하는 건 정말이지 지옥 같았다고 했다. 그 말을 듣자마자 머릿속에 정신이 번쩍 들었다.

'그래, 지옥 정도는 가봐야 새로운 경험이든 뭐든 할 수 있지 않을까?'

버스에서 정신없이 자고 일어났더니 창문 밖으로 비가 세차게 오고 있었다. 시간이 얼마나 지났나 보려고 핸드폰을 꺼내는데 신호가 잘 잡히지 않았다. 정말 그렇게 시골로 가고 있었다. 조금씩 걱정이 되기 시작했다. 우산도 없는데 그곳에 도착해도 당장 어떻게 해야 할지 감이 오지 않았다. 더군다나 지갑 상태는 최악이었다. 뉴질랜드 여행을 다녀온 뒤 2주 동안 케언즈에서 단 한 푼도 벌지 못했다. 앞으로 한 달 안에는 무조건 돈을 벌어야 하는 상황이었다.

중간중간 승객들이 한 명씩 내리기 시작했다. 이제 내 옆에는 배낭 하나만 덩그러니 놓여 있었다. 더 이상 옆에 앉을 사람이 없다고 생각하니 우울한 마음도 들었다.

그래도 잘한 일이다. 각자의 목표를 이루기 위해서는 계속 함께할 수 없었다. 늘 함께여야 할 이유는 없다. 서로 함께여야 행복할 때도 있지만 서로가 행복한 상태에서 만나는 것도 좋은 일이다.

캠핑장 입성

마을 이곳저곳을 한참 돌아다녔지만 도저히 가지고 있는 돈으로는 지낼 만한 집을 구하기가 어려웠다. 결국 터벅터벅 기찻길을 따라 마을 밖으로 걸어 나왔다.

'Greenway Caravan Park'(그린웨이 캠핑장)

울창한 나무로 둘러싸인 캠핑장이 눈에 들어왔다. 혹시 지낼 만 한 곳이 있지 않을까 하는 생각으로 캠핑장 입구를 따라 들어갔다. 캠핑장 안에는 덥수룩한 흰 수염을 기른 할아버지가 큰 카우보이 모자를 쓴 채 앉아 있었다.

"안녕하세요. 방을 구하고 있는데요."

"그래, 무슨 방을 찾는데?"

"그냥 제일 싼 방이요. 다른 건 상관없어요. 싸기만 하면 돼요."

비를 맞으면서 한참을 돌아다녔더니 더 이상 걸어 다닐 기운이 나지 않았다. 할아버지가 철제 캐비닛에서 키를 꺼내주자마자 덥석 받아들고 바로 방을 확인하러 갔다. 캠핑장 구석으로 한참을 걸어가니 받은 키에 쓰인 숫자와 같은 번호의 팻말이 보였다.

'내가 정말 갈 때까지 가는구나.'

방은 충격적이었다. 방이라기보다는 버려진 컨테이너라는 표현이 더 정확할 듯싶었다. 얼룩덜룩한 곰팡이 가득한 매트리스 한 장 외에는 정말 아무것도 없는 작은 밀실이었다. 숲속이라 그런지 벌레들이 여기저기서 기어 다니고 있었고, 철판은 이미 달궈질 대로 달궈져 문을 열자마자 뜨거운 김이 뿜어져 나왔다. 과연 이런 곳에서 사람이 살 수 있을까 하는 생각이 들었지만 다른 방법이 없었다. 이 컨테이너 박스는 일주일에 고작 70달러밖에 하지 않았다.

바로 2주 치 방값과 보증금 200달러를 계산했다. 그러고 나니 이제 주머니에는 300달러 정도밖에 남지 않았다. 과연 앞으로 어떻게 살아야 할지 걱정이 됐지만 당장은 이 컨테이너 박스를 사람이 살 만한 곳으로 바꾸는 게 우선이었다. 신발이 물에 젖어 방안이 온통 진흙탕이 되어버렸다. 먼저 신문지를 잔뜩 깔아놓고 그 위에 짐들을 풀어놓았다.

그렇게 100일간의 캠핑장 생활이 시작되었다.

일자리 사냥에 나서다

매일 새벽 5시가 되면 마을 청년들이 졸린 발걸음을 떼며 같은 곳으로 걸어갔다. 그 무리에 끼어서 같이 걸었다. 그렇게 도착한 마을 귀퉁이의 큰 골목에는 이미 수많은 청년들이 벽에 기대어 무언가를 기다리고 있었다.

얼마 지나지 않아 각종 지프와 트럭, 버스가 줄줄이 들어오기 시작했다. 이 차량들은 마을에서 1시간 정도 떨어져 있는 바나나 농장에서 일꾼들을 태워가기 위해 보내온 것이다. 일꾼들이 한 명씩 탑승하고 있는 틈에 나도 자연스레 차에 올랐다.

"일자리 있나요?"

버스 기사 아저씨는 아무 말 없이 조용히 고개를 저었다. 애써 아쉬운 표정을 감추고 연락처가 적혀 있는 종이를 건네준 후 차

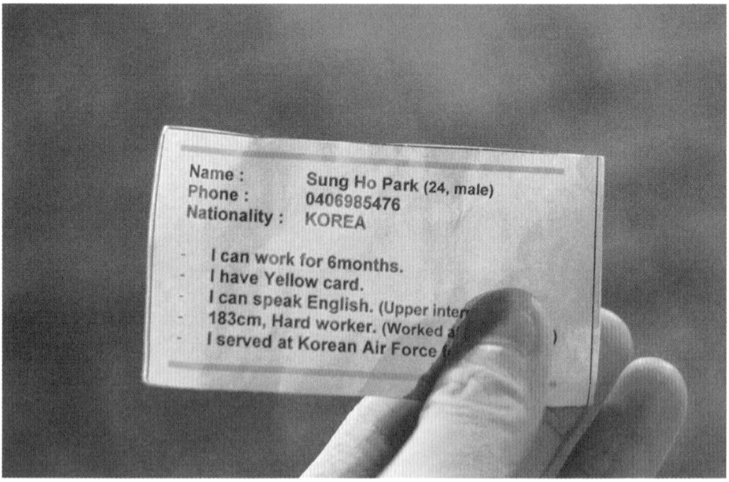
Name :
Sung Ho Park (24, male)
Phone :
0406985476
Nationality :
KOREA
- I can work for 6months.
- I have Yellow card.
- I can speak English. (Upper
- 183cm, Hard worker. (Worked
- I served at Korean Air Force

에서 내려왔다. 그렇게 이 차 저 차 옮겨 다니며 연락처가 적혀 있는 종이를 건네주었다. 이마저도 받지 않는 사람들이 대부분이라 무안할 때가 많았지만 그런 것을 걱정할 상황은 아니었다. 옆에 있던 한 대만인 청년은 이 일을 벌써 6주째 하고 있다고 했다. 그 얘기를 듣고 나니 더욱 불안감이 몰려왔다. 이곳에 온 뒤 매일같이 마른 식빵과 1달러짜리 참치 캔만 먹으며 근근이 버텨왔는데, 앞으로 2주일 이내에 일을 구하지 못하면 더 이상 컨테이너 박스에서 지낼 돈이 없었다.

일꾼들이 전부 떠나고 나면 마을에는 다시 적막이 흘렀다. 아침 6시인데 하루 종일 딱히 할 일이 없었다. 그러면 다시 기찻길을 따라 천천히 캠핑장으로 돌아갔다.

달밤에 체조

'얼어 죽을 것 같아.'

자다가 또다시 눈이 떠졌다. 참 신기한 일이다. 낮에는 강렬한 햇빛이 컨테이너 박스를 그대로 달구어 숨을 쉬기도 힘들 정도로 뜨거웠는데, 밤만 되면 기온이 뚝 떨어져 엄청난 추위가 몰려왔다. 가지고 있는 옷을 전부 입었다. 여러 장의 속옷과 반팔 티부터 뉴질랜드에서 입던 빨간색 점퍼까지 합해서 총 열세 겹. 몸이 비대해져 뒤돌아 눕기도 힘이 들었다. 커버도 없는 매트리스에 누워 새우처럼 몸을 웅크리고 다시 잠을 청했다. 하지만 이렇게 입어도 또다시 느껴지는 추위에 잠이 깼다. 시계를 보니 아직 새벽 3시밖에 되지 않았다. 이대로 긴 밤을 보내면 정말이지 얼어 죽을 것만 같았다.

결국 컨테이너 박스 문을 열고 밖으로 나왔다. 캠핑장은 마치 물속에 들어온 것처럼 고요했다. 시골이라 그런지 하늘에는 엄청나게 많은 별들이 떠 있었다. 그 빛을 조명 삼아 캠핑장 자갈길 위로 초라한 뜀박질을 하기 시작했다. 반쯤 잠이 든 상태였지만 뛰는 것을 멈추지 않았다. 몸이 조금씩 따뜻해지는 것이 느껴졌다. 그렇게 홀로 달밤에 체조를 하게 된 것이다.

매일 밤마다 그렇게 미친놈처럼 뛰어다녔다. 아무 인기척도 느껴지지 않는 고요한 캠핑장. 뛰면서 아무 생각도 들지 않았다. 그저 따뜻해지고 싶은 마음뿐이었다. 그렇게 한 20분쯤 뛰어 다녔을까? 이마에 송골송골 땀이 맺히기 시작했다. 갑자기 몸이 달아오르니 등 뒤로 흐르는 땀방울이 몸을 간질였다. 입고 있던 옷을 모두 벗어 던지고 싶었지만 참기로 했다. 뜨거운 몸을 그대로 가져와 매트리스 위에 도로 누웠다.

그러면 배가 고팠다. 잠들기 전에 저녁을 먹지 못해서였다. 컨테이너 박스에서 살게 된 이후로 매일 식빵 두 조각에 참치 캔만 먹으며 지냈는데 낮에 식빵 봉지를 컨테이너 박스 바닥에 내려놓은 게 화근이었다. 저녁을 먹기 위해 식빵 봉지를 집어 들었을 때, 이미 그 안에는 식빵이 아니라 징글징글한 개미 수천 마리가 들어 있었다.

캠핑장에 오고 나서 계속 살이 빠지고 있었다. 내 쇄골이 이렇게 매력적이었는지를 그때 처음 알게 되었다. 이제는 정말 일을 하고 싶다는 생각이 간절했다. 가지고 있는 돈은 거의 바닥을 드러냈다. 한국에 전화를 해볼까 잠시 생각했지만 곧 생각을 접었다. 그래도 약속은 약속이다. 조금만 더 참아보기로 했다. 케언즈를 떠나올 때 이 정도는 이미 각오했던 일이었다.

바나나 바나나 바나나

"다음 주부터 나올 수 있어요?"

바나나 농장에서 일을 할 수 있냐고 전화가 왔을 때, 거의 울 뻔했다. 배고픈 하루를 보내면서 언젠가 바나나 풍년이 찾아와 일주일에 1000달러씩 버는 모습을 상상해왔다. 그리고 마침내 내게도 기회가 찾아왔다.

바나나 농장에 첫 출근하는 날 아침, 이상하게도 춥다는 생각이 들지 않았다. 마침내 일할 곳의 농장 버스가 내 앞에 멈춰 섰고, 나는 더 이상 버스 기사 아저씨에게 일자리가 있냐고 묻지 않아도 되었다. 조용히 맨 뒷자리에 앉아 출발을 기다렸다. 얼마 지나지 않아 귀에 익은 말이 들려왔다.

"일자리 있나요?"

누군가 버스 기사 아저씨에게 일자리가 있는지 물어보았다. 며칠 전의 내 모습을 보는 것 같아 괜스레 미안한 마음이 들었다. 새삼 열심히 일해야겠다는 생각을 했다. 어떻게 구한 일자리인데, 다시 기다림의 생활로 돌아갈 수는 없었다. 트럭은 그렇게 호주 시골의 깊은 어둠 속을 달렸다.

바나나 농장의 악명 높은 노동 강도는 이미 전부터 많이 들어왔다. 하지만 지금 기분 같아서는 혼자서도 농장의 모든 바나나를 다 딸 수 있을 것만 같았다. 이상하게도 어둠 속에 흐릿하게 보이는 바나나 농장은 도통 끝이 보이지 않았지만 말이다.

실제로 보니 바나나 농장은 정말이지 어마어마하게 컸다. 그 크기가 얼마나 큰가 하면, 자동차로 농장을 한 바퀴 돌려면 너무 오랜 시간이 걸리기 때문에 농장 소유의 헬리콥터와 경비행기가 있을 정도였다.

한참을 달려 바나나 농장 한복판에 있는 거대한 창고에 멈춰 섰다. 그곳은 농장에서 따는 모든 바나나를 씻고, 자르고, 포장해서 상품으로 만드는 곳이었다. 그리고 또 하나 신기한 건 바나나의 모습이었다. 원래 바나나 하면 손바닥보다 조금 큰 사이즈의 노란 바나나 대여섯 개가 붙어 있는 모습이라 생각했는데, 초록색의 바나나가 포도송이처럼 커다란 줄기에 주렁주렁 달려 있었다. 이 거대한 바나나 뭉치를 '바나나 번치'라고 부르는데 보통

Champion Bunch
1st

한 번치의 길이는 초등학생 키만 했다. 무게도 30킬로그램에서 50킬로그램까지 나갔다. 공장에는 이런 바나나 번치들이 천장 쇠사슬에 묶여 줄줄이 매달려 있었고, 아쿠아리움에 온 것 같은 착각이 들게 하는 거대한 수조 속에는 엄청난 양의 바나나가 둥둥 떠다니고 있었다.

가끔 의욕만으로는 안 되는 일이 있다. 일만 하게 되면 농장의 바나나를 혼자 다 딸 수 있을 거라 생각했지만 체력은 그렇게 따라주지 않았다. 종종 그 거대한 바나나 번치를 어깨에다 둘러메야 했는데, 브리즈번에서 메고 다니던 귀여운 돼지와는 차원이 달랐다. 마치 바나나와의 싸움에서 패배를 인정하듯, 어깨에 바나나 번치가 닿는 순간 무릎을 확 꿇어버렸다.

처음이라 실수가 많았다. 상자를 수천 개씩 옮기다 보니 시급보다 비싼 완성품 상자를 그대로 엎어버리기도 했고, 기계를 잘못 만져서 내 키의 두 배가 넘는 두꺼운 철문을 쓰러뜨리기도 했다. 게다가 일의 요령이 없으니 온몸이 견디지를 못했다. 허리는 끊어질 듯이 아팠고 손목은 이미 맛이 간 지 오래였다. 얼른 이 일이 몸에 익숙해지기를 바랄 뿐이었다.

고생 경쟁

농장 일을 마치고 돌아오면 녹초가 되어 있었다. 다리는 줄 끊긴 꼭두각시마냥 후들거렸고 손과 손목은 퉁퉁 부어서 온통 만신창이였다. 그대로 매트리스 위에 엎어지고 싶었지만 마냥 누워 쉴 수는 없었다. 해가 지기 전에 공용 주방에서 저녁을 만들고, 다음 날 가져갈 도시락을 싸야 했다.

농장에서의 첫 달은 핏기가 없는 좀비처럼 살았다. 어느 정도 예상은 했지만 이 정도로 힘이 들 줄은 몰랐다. 퇴근하고 캠핑장으로 돌아왔을 때 컨테이너 박스에 매트리스 하나만 덩그러니 놓여 있는 모습을 보면 급속도로 우울해졌다. 또다시 추위 속에서 새우처럼 웅크리고 자야 하는 밤이 찾아오는 게 무서웠다. 하지만 제일 힘들었던 것은 이렇게 고생하는 것을 알아주는 사람 없이, 홀로 있다는 것이었다.

내게 고생은 힘든 것인 동시에 자랑하고 싶은 것이었다. 고생을 견뎌낸다는 것은 그 사람의 노력과 인내심을 가장 잘 표현해 주는 지표이기도 했다. 나는 종종 나의 고생이 남보다 더 크다고 느끼고 싶어 했으며 다른 사람이 그것을 알아줬으면 하는 마음을 가졌다. 그래서 누군가 내게 "내가 이만큼 고생을 했어" 하고 말하면, "나도 이만큼 고생하는 걸" 하며 되받고는 했다. 일 이야기, 군대 이야기, 공부 이야기, 어떤 상황에서도 그러했다.

"요즘 매일 야근하다 보니 너무 힘들어."

"공부해야 되는 책이 세 권이 넘어."

하지만 내가 건넸던 말은,

"야, 나는 근래 제시간에 잔 적이 한 번도 없어."

"당장 다음 주에 시험 치는 과목만 네 개가 넘어."

매일매일 지옥 같은 날들이었다. 도망치고 싶은 순간이 충동적으로 찾아왔다. 하지만 아무도 내게 위로를 해줄 사람이 없었기 때문에 나 스스로 내게 수고했다고 말하는 습관이 생겼다. 힘든 농장 일을 마치고 캠핑장 컨테이너 박스 문을 열었을 때, 나는 혼자서 반쯤 깨져나간 거울을 바라보고 "잘했어"라든지 "오늘 수고했어"라고 스스로에게 말하고는 했다. 정신 나간 사람처럼 보일지 몰라도, 그렇게 하지 않고서는 한밤중에 예고 없이 찾아오는 우울함과 고독함을 이겨낼 수가 없었다. 그래서 내게는 이 위로의 말들이 간절했고 꼭 필요했다. 누군가의 고생 이야기를 듣게 되었을 때, 내 고생을 자랑하며 경쟁하려 했던 내 모습을 반성했다. 그저 "고생했어" "수고했어" 하는 위로의 한마디가 그 어떤 조언보다 강력할 때가 많다.

꿈꾸는 컨테이너

시급 21.97달러, 일주일에 47시간을 일했으니 주급이 1000달러를 넘어섰다. 게다가 주급의 약 10퍼센트 정도를 연금으로 넣어주는데, 이 또한 나중에 호주를 떠날 때 돌려받을 수 있다고 했다. 쉽게 말해 어마어마한 돈을 벌고 있었다.

지금 상황에 안주하는 것을 경계하기로 했다. 돈이 많아지면 당연히 점점 더 많은 돈을 쓰게 될 것이고, 점차 나태하고 게을러질 것이 뻔했기 때문이다. 그래서 새로운 목표가 필요했다. 바나나 농장에 일하면서 쏟는 모든 노력과 얻는 돈을 전부 투자할 수 있는 목표, 당연히 한 가지밖에 떠오르지 않았다.

'세계 일주'

처음 한국을 떠날 때는 상상도 못했던 일이다. 그때는 돈도 없었거니와 용기도 부족했고, 스스로에 대한 믿음도 부족했다. 하지만 호주의 시골 캠핑장 컨테이너 박스 안에서 웅크리고 있는 나는 더 이상 1년간 호주에서 지내다 오겠다는 그때의 내가 아니었다. 지금의 나라면 세계 일주란 꿈을 이룰 수 있을 것 같았다. 그래서 당장 우체국으로 가서 이불로 써도 될 만한 거대한 크기의 세계 지도를 사가지고 돌아왔다.

지금까지 경험하지 못했던 내 인생의 가장 행복한 순간이었다. 매일 컨테이너 한쪽 벽에 붙여놓은 세계 지도를 쳐다보며 조금씩 꿈을 키워나갔다. 처음 세계 지도를 벽에 붙여놓을 때는 어떻게 계획을 세워야 할지 막막했지만, 큰 틀의 한 가지 조건을 정하니 마음이 한결 편해졌다.

'전 세계 6대륙 전부 밟아보기.'

오세아니아 대륙에 있었으니 앞으로 아시아, 아프리카, 유럽, 남미, 북미를 거쳐서 집으로 돌아가면 완벽했다. 그래서 앞으로 돈이 들어오면 무조건 비행기 표부터 사기로 마음먹었다. 여행을 하는 데 총 얼마의 경비가 필요할지는 모르겠지만, 일단 비행기 표만 미리 사 놓으면 어떻게든 되지 않을까 하는 생각이었다.

매일매일 녹초가 된 몸으로 퇴근하고 돌아오면 항상 뚫어지게 세계 지도를 쳐다보았다. 그리고 대륙마다 가고 싶은 나라들을 하나하나 체크해나갔다. 농장 수당이 들어오면 바로 인터넷이 되는 마을 도서관에 찾아가 비행기 표를 하나씩 구입했고, 그때마다 공항과 공항 사이를 빨간색 펜으로 쭉 그었다. 비행기 표를 고를 때는 딱히 기준이 없었다. 무작정 가장 싸고 할인을 많이 해주는 표를 골랐다. 일행도, 일정도 없다 보니 가장 싼 비행기 표만 골라서 계획을 짜도 전혀 문제 될 일이 없었다.

그렇게 3개월이 지나고 비행기 표가 20장을 넘어섰을 때, 빨간색 선은 이미 지구 한 바퀴를 돌아 서울을 가리키고 있었다.

블랙 앤 골드

일단 1000만 원을 모으기로 했다. 세계 일주를 하려면 대체 얼마가 필요한지 전혀 감이 잡히지 않았다. 인터넷을 찾아봐도 누구는 1900만 원이 들었다고 하고, 누구는 2700만 원이 들었다고 해서 더 헷갈릴 뿐이었다. 그래서 그냥 단순하게 생각하기로 했다. 1000만 원. 더도 말고 덜도 말고 딱 1000만 원.

'5달러 50센트'

얼마를 모아야 할지 정해지니 방값을 제외하고 하루에 얼마를 써도 괜찮을지 바로 계산할 수 있었다. 하지만 아침을 안 먹는다 해도 한국 돈으로 5천 원 남짓한 돈으로 하루 두 끼를 버텨야 하는 게 그리 쉬운 일은 아니었다. 일단 마실 물값으로 매일 1달러는 써야 했고, 일하면서 종종 찢어지는 장갑도 사야 했기 때문에 은근히 식비 외에도 나가는 돈이 많았다.

그나마 이 돈을 가지고 생활할 수 있게 만들어준 건 '블랙 앤 골드'였다. '블랙 앤 골드'는 이 마을의 가장 큰 마트에서 자체적으로 만든 저가 브랜드 상품이다. 어떤 상품이든 노란색 포장지에 검정색으로 '블랙 앤 골드'가 쓰여 있어서, 매일 이 상품만을 찾아다녔다.

농장에 있는 동안 하루도 빠짐없이 마트에 갔다. 비록 쓸 수 있는 돈은 몇 달러밖에 안 됐지만, 마트를 돌아다니는 동안은 이상하게 풍족한 느낌이 들었다.

89센트짜리 '블랙 앤 골드' 파스타면, 99센트짜리 '블랙 앤 골드' 생수, 55센트짜리 '블랙 앤 골드' 초코 웨하스, 1달러짜리 '블랙 앤 골드' 장갑 등등.

그렇게 '블랙 앤 골드' 상품을 모두 담은 뒤에는 마트 구석에 있는 작은 진열대를 찾아갔다. 유통기한이 얼마 남지 않은 식재료가 폐기처분을 기다리며 잠시 머무는 곳이었다. 정말 운이 좋은 날에는 주먹만 한 고기를 3달러에 살 수도 있었다. 그래서 매일 퇴근하는 길마다 보물찾기를 하는 마음으로 마트에 갔다.

별다른 식재료가 없었기 때문에 매일 하는 요리는 거의 똑같았다. 일단 파스타면을 잔뜩 익힌 다음에, 그날 구한 식재료들을 잘게 썰어서 몽땅 같이 넣고 볶았다. 그러고는 반을 쩍 갈라 한쪽은 그 자리에서 먹어치우고, 남은 반쪽은 다음 날 농장에 가져갈 도시락통에 전부 부어넣었다.

3개월이 넘는 기간 동안 매일 같은 음식을 먹는다는 것은 식탐으로는 누구에게도 지지 않을 나에게도 쉽지 않은 일이었다. 특히 첫 한 달은 굉장한 인내가 필요했다. 파스타 소스는 생각보다 비쌌기 때문에 제대로 된 파스타를 만들기 어려웠다. 퇴근 후에 마트에 갈 때면 항상 9달러 50센트짜리 냉동 치즈 케이크를 봤는데, 수십 번을 들었다 다시 내려놓았다. 한국에 있을 때 항상 80킬로그램을 유지했던 몸무게는 어느새 68킬로그램까지 떨어졌다.

"최선을 다했어."

살면서 자주 했던 말이다. 이 말을 참 많이 하고 살아왔다. 그런데 생각해보니 이 말을 하는 상황은 대부분 다른 사람에게 내 결과에 대해 변명을 할 때, 아니면 애써 위안 삼고 싶을 때였다. 어쩌면 나는 더 노력할 수 있음에도 불구하고 최선을 다했다는 한마디를 내뱉으며 스스로 내 한계를 정해버린 것인지도 모르겠다.

그래서 농장 생활은 더욱 뿌듯했다. 매일 빨간 도시락통 속의 불어터진 파스타를 볼 때면, '내가 이렇게까지 해야 하나' 하는 생각이 들기보다는 '내가 정말로 최선을 다하고 있구나' 하는 생각이 먼저 들었다.

바나나 농장을 떠나는 날, 그동안 애써 무시하고 지났던 샌드위치 가게에서 11달러짜리 연어 샌드위치를 샀다. 그리고 혼자서 조금도 남기지 않고 전부 다 먹어버렸다. 어쩐지 울컥해서 눈물이 날 것만 같았다.

바나나의 신

매일 똑같은 하루가 반복됐다. 새벽 5시, 아침 해가 뜨기 전 매트리스에서 일어나 컨테이너 박스를 빠져나왔다. 신발을 신자마자 칫솔에 치약을 짜서 양치질을 시작했다. 내 컨테이너 박스는 캠핑장에서도 가장 구석에 있었기 때문에 화장실에 도착할 때쯤이면 양치질이 다 끝나 있었다. 일주일에 130달러가 넘는 방들에는 화장실에 부엌까지 딸려 있다는데 가끔은 부럽기도 했다.

무릎까지 올라오는 긴 양말, 검정색 모자, 마을 헌 옷방에서 1달러 주고 산 형광색 작업복, 전날 먹다 남은 파스타가 담긴 도시락통과 물통이 들어 있는 검정색 보자기. 모든 준비가 완벽하게 끝이 나면 기찻길을 따라 서서히 뛰기 시작했다. 그러면 밤 동안 내려갔던 체온이 서서히 올라갔다. 몸이 점점 농장 생활에 익숙해져

가다 보니, 잠자리에서 일어나자마자 이렇게 뛰어도 별로 힘들지 가 않았다.

아침 6시 반, 농장에 도착하면 먼저 팔굽혀펴기를 하며 몸을 가볍게 만들었다. 그때그때 하는 일은 늘 달랐다. 시작을 알리는 사이렌이 여전히 잠이 덜 깬 귀를 괴롭히고 나면 테이블 위 종이에 적혀 있는 각자 맡은 구역으로 이동했다.

일은 여전히 힘들었지만 예전처럼 절망적이지는 않았다. 인간은 적응의 동물이란 말을 실감했다. 어느새 요령이 생겨 일을 즐기는 단계에 이르렀다. 처음에는 바나나를 쪼개는 단순한 작업도 굉장히 힘이 들었지만, 이제 바나나를 집기만 하면 바나나의 기운이 느껴져서 툭, 툭, 하고 쪼갤 수 있었다.

항상 한국에서 듣던 노래를 부르면서 일을 했다. 가사가 잘 기억나지 않아 늘 같은 구간만 반복했지만, 일을 할 때 노래를 부르는 게 엄청난 힘이 됐다. 그렇게 6시간 정도 일을 하고 있으면 점심 시간을 알리는 사이렌이 울렸다.

오전 시간에는 오직 이 점심 시간 하나만을 바라보고 일을 했다. 불어터진 파스타를 다 먹고 난 후에는 '블랙 앤 골드' 웨하스로 떨어진 당을 충전했다. 이렇게 궁상을 떠는 내가 안쓰러웠는지 다른 동료들이 비싼 허쉬 초콜릿이나 오레오 쿠키를 건네주었다. 그러면 나는 염치도 없이 참 잘 받아먹었다.

30분의 짧은 점심 시간이 끝나면 쉴 틈도 없이 바로 오후 일을 시작했다. 쉬었다가 다시 일을 하려니 몸은 급속도로 지치기 시작했지만, 일을 하는 동안 잠시라도 가만히 있을 수가 없었다. 컨베이어 벨트를 통해 새로운 바나나가 끊임없이 들어오기 때문이었다. 바나나 농장의 일은 마치 전쟁과도 같았다. 내가 남느냐 바나나가 남느냐, 그렇게 바나나와의 처절한 전투는 몇 시간이나 더 이어졌다.

바나나 농장에서 일을 하려면 익숙해져야 하는 게 몇 가지 있었다. 우선 벌레. 농장은 온갖 야생 벌레들의 소굴이다. 바나나가 워낙 당도가 높다 보니 벌레가 엄청나게 꼬였다. 호주 벌레는 기겁할 정도로 덩치가 큰데다가, 메뚜기와 나방은 마치 새처럼 날아다니고, 달걀만 한 크기의 바퀴벌레는 수조 이곳저곳을 헤엄쳐 다녔다. 거미들은 또 어찌나 활발한지 영화에 나오는 스파이더맨처럼 여기저기 거미줄을 쏘며 날아다녔다.

하지만 이런 곤충들과 계속해서 마주치다 보면 자연스럽게 혐오감을 느끼지 않는 수준에 이를 수 있다. 문제는 파리였다. 이곳 파리들은 우리가 아는 파리와 생긴 것은 비슷하지만 10원짜리 동전만 한 큰 몸을 가지고 있었다. 그리고 끊임없이 일꾼들의 종아리에 붙어 피를 빨아댔다. 모기가 물면 딱히 아픔을 느끼지는

Tim

않지만, 파리가 종아리를 물면 갑자기 몸서리가 쳐질 정도로 따끔했다.

또 뱀, 개구리, 쥐와 친구가 되어야 했다. 그나마 개구리나 쥐는 자꾸 보다 보면 애완동물처럼 귀엽고 사랑스러운 기분이 들었다. 문제는 뱀인데, 뱀은 아무리 자주 봐도 튀어나올 때마다 깜짝깜짝 놀라고는 했다. 보통 뱀은 바나나 번치 사이사이에 똬리를 틀고 자고 있었지만, 가끔은 애꿎은 데에서 발견되기도 했다. 한번은 아침에 출근해서 장화를 갈아 신는데 이상하게 발이 장화 안으로 들어가지 않았다. 신발 밑창이 구겨졌다고 생각해 손을 안으로 집어넣었는데 안에서 자고 있던 뱀이 깨어나 스르르 빠져 나왔다.

"Finish Work! Finish Work!"(업무 종료!)

오후 4시에서 5시가 되면 일이 종료되었다. 수천 개가 넘는 엄청난 양의 바나나 박스가 호주 전역의 마트로 배송되었다. 농장을 떠나가는 바나나 상자를 보고 있노라면, 마치 자식을 대학에 보내는 부모의 심정이 이해되기까지 했다.

이곳에서 내 이름 대신 쓰이는 'Tim'이라고 적혀 있는 장화를 벗어 벽에 걸어두는 것으로 하루 일과는 끝이 났다.

싸구려 입맛

말하기 쑥스럽지만 나는 '싸구려 입맛'을 가지고 있다.

때때로 자판기에서 뽑은 200원짜리 믹스커피를 최고라 느끼며, 마트에서 파는 5000원짜리 싸구려 와인과 레스토랑의 고급 와인을 구분하지 못하는 혀를 가졌다. 이 싸구려 입맛이 사실 내게는 엄청난 축복이다. 농장에서 긴 시간 하루 5달러 50센트로 버틸 수 있었던 것도 어쩌면 이 싸구려 입맛 덕분이라고 생각한다. 애완견 간식처럼 생긴 50센트짜리 냉동 소시지를 넣고, 토마토 소스 대신 싸구려 케첩과 바비큐 소스를 짜넣은 정체불명의 파스타를 맛있게 먹을 수 있기 때문이다.

가끔은 싸구려 입맛을 가지고 있다는 게 들통날까 조마조마해하기도 한다.

사람들을 만나다 보면 비싸고 고급스러운 음식을 먹을 때가 아주 가끔씩 생긴다. 그럴 때 속으로, 손바닥보다 적게 나오는 이런 음식보다 집에서 파 송송 썰어 넣고 꼬들꼬들하게 끓여먹는 라면이 더 맛있겠다는 생각을 하곤 한다.

하지만 이런 말을 다른 사람에게 쉽게 하지는 못한다. 어쩌면 교양이 부족하다는 의미로 비춰질 수도 있다는 두려움 때문이다. 꼭 음식에만 해당되는 이야기는 아니다. 어떤 분야에서든 사람의 취향은 곧 그 사람의 수준이나 안목으로 판단되는 경우가 많다. 사실 취향은 개인적인 기호의 문제이지만, 이상하게도 사람들은 개인의 취향을 고급과 저급으로 구분 짓는 것을 좋아한다. 이런 말을 하고 있는 나 역시 '아! 이 커피는 역시 과테말라 안티구아산 원두라 그런지 적당한 산도와 달콤한 맛을 가지면서도 살아 숨 쉬는 듯한 아로마를 가지고 있네!' 하며 고급 혀를 가진 인간인 척하기도 했다.

하지만 나처럼 싸구려 입맛을 가진 사람들을 응원하고 싶다. 싸구려 입맛을 가진 사람들은 교양이 없고 안목이 떨어지는 사람들이 아니다. 사소한 것에도 쉽게 감동받고 행복해질 수 있는, 실로 어마어마한 축복을 받은 사람들이다. 그래서 굳이 고급 입맛을 가진 사람이 되려고 노력할 생각은 없다. 싸구려 입맛을 가졌다고 해서 싸구려 인간이 되는 것은 아니니까.

캠핑장의 로빈슨 크루소

온몸이 땀범벅이 된 상태로 기찻길을 터벅터벅 걸어갔다. 캠핑장은 변함없이 조용했다. 주머니에서 흙이 묻은 키를 꺼내 컨테이너 박스의 문을 열어젖혔다. 하루 종일 뜨거운 햇빛으로 달구어진 방은 여전히 익숙해지지 않고 한숨이 나오게 만들었다. 방바닥은 흙으로 난장판이 되어 있었고 여기저기 처음 보는 벌레들이 기어 다니고 있었다. 돈을 벌 때까지 이곳에 살아야겠다는 생각이 들자 차라리 이곳을 사람 사는 곳처럼 바꿔야겠다고 마음먹었다.

농장에서 살충제와 박스 테이프를 잔뜩 얻어왔다. 일단 방바닥에 있는 흙을 다 처리한 다음, 컨테이너 박스에 있는 모든 구멍에 살충제를 가득 뿌렸다. 그리고 박스 테이프로 방 구석구석 모든 틈을 다 막아버렸다.

아무리 이곳에 사는 것을 한탄해본다 한들, 바뀌는 것은 전혀 없었다. 오히려 마음만 더 불행해질 뿐이었다. 그래서 이 환경에 적응하기로 결심했다. 처음으로 곰팡이 핀 매트리스가 아닌 깨끗하게 닦인 방바닥에 드러누웠다. 생각보다 컨테이너 박스가 아늑하다고 느껴졌다. 낮에는 사하라 사막처럼 덥고 밤에는 시베리아 벌판처럼 추웠지만 그런대로 몸이 적응해가는 듯했다.

홀로 캠핑장에서 행복하게 살기 위해 생활 시간표도 짜고 여러 가지 규칙을 정했다. 평일에는 일이 끝난 후 시간표에 맞춰 행동했고, 주말에는 게을러지는 것을 막기 위해 아침 일찍 일어나 대청소를 하기로 했다. 주말 아침이 찾아오면 매트리스 커버를 벗겨 햇빛이 잘 드는 곳에 걸어서 말렸다. 그러고는 모든 옷을 바구니에 담고 그 위에 올라가 샤워를 하면서 발로 빨래를 했다. 세제는 따로 없었기 때문에 샤워할 때 쓰는 비누를 맥가이버 칼로 긁어서 사용했다. 그리고 빨래가 다 끝나면 나무에 걸어놓은 노끈에다 빨래를 널어놓고 컨테이너 주변을 청소했다. 햇볕이 너무 뜨거워서 팬티만 한 장 달랑 입은 채로 이 모든 것을 했지만, 보는 사람이 아무도 없었기 때문에 문제될 게 없었다.

요리를 할 때는 가방에 있던 플라스틱 낱장 파일을 도마 대신 사용했고, 페트병을 잘라 근사한 물컵을 만들었다. 그리고 무엇보다 기뻤던 것은 매일 밤마다 추위에 떨면서 잔다는 소식을 듣

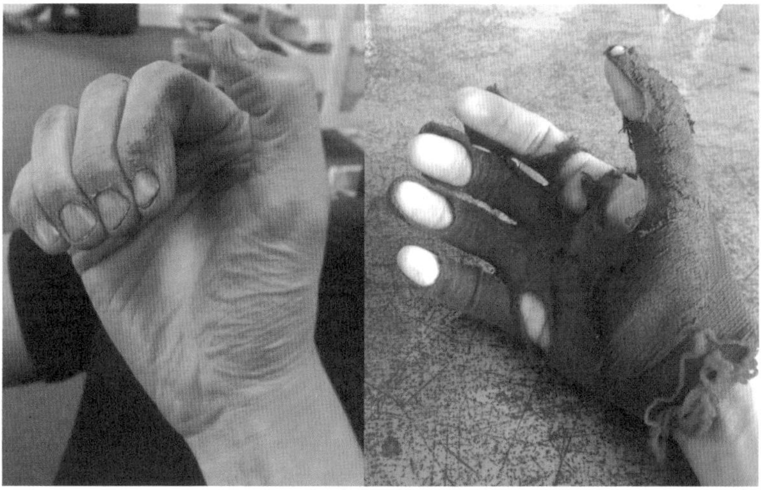

고 농장 동료가 쓰지 않는 침낭을 가져다준 것이다. 여기에 헌 옷방에서 4달러짜리 커튼까지 사왔다. 이불은 20달러나 했기 때문에 커튼을 이불 대신 쓰기로 했다. 커튼이든 이불이든 몸을 덮으면 같은 천 조각이니까. 침낭 속에 들어가서 커튼까지 덮으니 더 이상 춥지 않았다.

시간이 흐르다 보니 어느새 캠핑장의 로빈슨 크루소가 되어 있었다. 일을 할 때 불편해서 맥가이버 칼로 대충 자른 머리와 100일간 기른 덥수룩한 수염, 까무잡잡한 피부. 거울에 비친 얼굴은 더 이상 한국에서 보던 내 얼굴이 아니었다. 하지만 외모보다 더 큰 변화는 어느 순간부터 캠핑장에 홀로 사는 것을 즐기고 있었다는 것이었다. 전혀 불편한 게 없었다. 오히려 편안했다. 규칙적인 생활을 하며 가진 것에 만족하자 모든 게 풍족하게만 느껴졌다.

아이러니 행복

농장 일도, 캠핑장 생활도, 조금씩 적응해갔다. 생활을 지속하는 데에 필요한 최소한의 돈만 사용했고 매일 같은 음식을 먹었지만 전혀 부족한 게 없었다. 오히려 살면서 가장 행복한 순간을 보내고 있었다. 대학에 붙었을 때나 좋은 성적을 받았을 때와는 또 다른 기분이었다. 이번에는 정말로 '나는 행복하다'라고 다른 사람들에게 말할 수 있을 것만 같았다. 참 아이러니한 일이다. 이토록 부족한 게 많은 생활인데, 이토록 부족한 게 없다니.

'무엇'이 되고 싶었다. 그리고 그것이 내 삶의 목표라 생각했다. 좋은 대학을 다니는 사람이 되는 것, 안정적인 직장을 갖는 것, 번듯한 집을 가진 사람이 되는 것, 많은 사람들에게 영향력을 끼치는 사람이 되는 것. 하지만 결국 어떻게 살고 싶냐고 물으면 이렇게 대답했다.

"행복하게 살고 싶다."

나는 왜 행복해지고 싶은 것이었을까. 생각해보니 막연히 행복해지고 싶다는 생각만 했을 뿐, 내게 행복이 무엇인지는 고민해본 적이 없었다. 그냥 무엇이 이루어지면 행복할 줄 알았다. 원하는 대학에 들어가면 행복할 줄 알았고, 1등을 하면 행복할 줄 알았다. 물론 기쁘긴 했다. 다만 아쉬운 것은 그 기쁨이 행복으로 이어지기에는 너무 짧은 시간이었다는 것이다.

무엇이 된다는 것은 그것이 아닐 때와 그것이 되었을 때 사이에 겪는 아주 찰나의 순간이었다. 결국 그것을 이루고 나면 원인 모를 허탈함이 찾아왔다. 무엇이 되기 위해 수많은 희생을 했는데도 말이다.

행복의 역치가 너무 높았던 것일지도 모르겠다. 내게 행복은 항상 어려운 것이었다. 행복은 성공이나 목표를 이루는 것과 동일시되었고, 보통의 노력으로는 얻기 힘든 가치이기도 했다.

참 아이러니하다. 농장에 온 이후로 매일 힘든 노동을 하고 있었고, 매트리스 하나 달랑 있는 열악한 환경에서 생활했으며, 지겹도록 같은 음식만 먹고 지냈다. 하지만 분명히 호주 시골 농장에 살면서 지금까지 느껴보지 못한 가장 큰 행복을 느꼈다.

어쩌면 행복은 생각보다 단순하고 우리 주변에 늘 존재하는 것일 수도 있다. 행복은 시시각각 변화하는 것이고 현재 그 사람의 상황에 따라 수많은 형태가 있는 것이다. 하지만 같은 공간에서 함께 똑같은 커피를 마시는 그 순간에도 누구는 조그만 행복도 느끼지 못할 수 있고, 누구는 수십 가지의 행복을 느낄 수도 있다. 행복은 그 순간 행복을 찾으려고 노력하는 사람에게만 보이는 것일지도 모른다.

매일 밤 곰팡이 가득한 매트리스에 누워 농장에 오기를 잘했다고 생각했다. 농장에 오기까지 많은 반대와 염려가 있었다. 하지만 성공한 인간이 되기 위해서가 아닌, 행복한 사람이 되기 위해 꼭 필요한 시간이었다.

사무치는 외로움

샤워를 하다 핸드폰을 떨어뜨려버렸다. 시골 마을에는 핸드폰 매장이 없기 때문에 우체국에서 자그마한 보급형 핸드폰을 사왔다. 두근거리는 마음으로 핸드폰을 켰는데 신호가 잘 잡히지 않았다. 한참을 기다려보았지만 스크린 위에는 뜬금없는 알파벳만 나타났다. 원래 알고 있던 '4G'라든지 '3G', '2G'가 아니었다. 스크린 위에는 이보다 몇 단계 낮은 'E'가 표시되어 있었다. 아무리 시골이라지만 참 너무하다는 생각이 들었다.

심지어 액정은 얼마나 작은지, 내 큰 손으로는 제대로 타자를 치기도 힘들었다. 이런 핸드폰으로 한국에 제대로 연락이나 할 수 있을지 걱정이 됐다.

그렇게 한참을 핸드폰과 씨름하다 보니 서서히 밤이 찾아왔다.

핸드폰을 매트리스 위에 던져버리고 밖으로 나가보았다. 하늘에는 셀 수도 없는 수많은 별들이 떠 있었다. 정말 아름다웠지만, 그렇기 때문에 더욱 힘들어졌다. 농장 생활을 하면서 유일하게 버티기 힘들었던 것은 바로 뼛속까지 스미는 외로움이었다.

밤마다 홀로 컨테이너 박스 앞 의자에 앉아 밤하늘을 쳐다봤다. 내가 지내던 컨테이너 박스는 매트리스 두 장이면 꽉 찰 정도의 작은 공간이었다. 그래서 처음에는 '아, 내 방은 참 좁구나' 하고 생각했다. 그런데 언제부터였을까. 농장 일이 끝나고 컨테이너 박스 문을 활짝 열 때마다 '내 방은 혼자 지내기엔 참 넓구나'라는 생각이 들었다.

처음부터 이렇게 외롭지는 않았다. 농장에서 함께 일하는 외국인 노동자도 여럿 있었고, 마을로 나가면 내 또래의 친구들이 드문드문 지나다녔다. 그래서 처음에는 사람들과 대화도 많이 하면서 지냈지만 점차 그들과 어울리는 게 어려워졌다. 돈 때문이었다. 하루를 먹고살 수 있는 최소한의 돈만 쓰기로 작정한 터라 점점 다른 사람들과 같이 밥을 먹기도, 맥주 한잔하기도 어려워졌다. 언제부턴가는 내 스스로가 다른 사람들을 피하게 되었다. 무슨 일을 하더라도 돈 문제를 걱정하는 나 때문에 여러 사람들이 어색한 분위기를 갖게 되는 것이 싫어서였다.

그래서 나는 외톨이가 되었다. 항상 캠핑장 의자에 홀로 앉아

15

노래를 들었다. 가끔은 누가 들어줬으면 하는 마음에 볼륨을 크게 높이기도 했다. 그리고 그런 내 옆에는 항상, 다른 의자 하나가 놓여 있었다. 그것도 매일매일 걸레로 닦아 아주 깨끗한 채로.

돛을 올려라

캠핑장에 온 지 100일이 지났다. 비로소 1000만 원을 모았다. 7킬로그램의 배낭과 침낭, 카메라와 삼각대. 이렇게만 남기고 모든 짐을 바나나 농장 동료들에게 나눠주었다. 꼭 필요한 짐만 있으면 될 것 같았다. 그래서 '이걸 가져가야 하나, 두고 가야 하나' 하는 생각이 조금이라도 드는 물건은 과감히 버렸다. 그동안 없는 살림에 장만한 별것도 아닌 물건에 하나하나 정이 들어버렸지만, 언젠가 짐이 되어 나를 괴롭힐 것을 알고 있었다.

이 순간을 위해 매일 컨테이너 박스에서 세계 지도를 쳐다보며 결심을 다졌다. 전 세계 6대륙을 밟아 지구 한 바퀴를 돌고 서울로 돌아가는 모든 계획이 완벽하게 세워졌다. 가장 먼저 호주 북부로 이동한다. 그리고 그곳에서 비행기를 타고 필리핀으로 이동해 조금씩 서쪽으로 지구를 돌기 시작한다. 그러다 인도에 도착하면 중동을 거쳐 붉은 아프리카 대륙으로 이동하고, 잔지바르 섬에서의 휴양을 마지막으로 유럽으로 이동한다. 떨어진 사기를 독일 맥주로 보충한 뒤, 브라질을 통해 남미로 들어간다. 남미에서부터는 10000킬로미터에 달하는 거리를 이동하며 아마존 정글을 거쳐갈 것이다. 그 후 미국 플로리다를 통해 북미 여행을 시작한다. 북미에 있는 동안은 캐나다 토론토에 있는 친구 집과 미국 오하이오 주 콜럼버스에 있는 사촌 형 집에도 찾아갈 생각이다. 그 후 샌프란시스코에서 혼자서 크리스마스를 보낼 것이다. 그리고 마침내 그다음 날, 1년간의 긴 여행을 마치는 귀국 비행기를 타는 것으로 이 여정은 마무리될 예정이었다.

컨테이너 박스에서 이 거대한 계획을 세울 때 가장 고민이 되던 대륙은 역시 아프리카였다. 오세아니아, 유럽, 아시아, 북미, 남미는 원래 여행자들이 많이 찾는 곳이라서 별다른 부담이 없었는데 아프리카는 정말 막막했다. 여러 풍토병에 대한 얘기와 혼자서 여행을 가기에는 위험한 대륙이라는 얘기를 많이 들어서였다. 그러다 세계 지도에서 아프리카를 유심히 쳐다보는데 이집트와 모로코가 눈에 들어왔다.

'그래, 이집트나 모로코 정도면 혼자서도 가볼 만하지 않을까?'

그래서 한동안 아프리카는 이집트와 모로코를 가야겠다고 생각했다. 하지만 아무리 생각해도 이집트와 모로코는 내가 평소에 생각하던 아프리카의 모습이 아니었다. 스스로를 속이는 것만 같았다. 항상 아프리카를 생각할 때, 머릿속에는 뚜렷하게 한 단어가 떠올랐다.

'세렝게티'

그렇다. 내게 아프리카는 세렝게티였다. 어렸을 때부터 다큐멘터리 채널을 틀면 나오던 장면이 세렝게티 사바나의 아침이었던 점도 있지만, 사실 더 큰 이유는 술집 때문이다. 내가 다닌 대학교 쪽문 앞에는 세렝게티라는 이름을 가진 술집이 있었다. 친구들과 자주 갔던 곳이기도 하고 학교를 다니며 항상 그 앞을 지나다녔기 때문에 자연스레 내게 아프리카는 세렝게티 그 자체였다. 그래서 스스로를 속이지 않기로 했다. 내가 아프리카에서 꼭 가야 할 곳은 당연히 세렝게티였다. 정말 단순하고 말도 안 되는 이유였지만, 여행에서는 굳이 논리가 필요하지 않다.

최후의 등산

정든 호주의 시골 마을을 떠나기 전에 꼭 해보고 싶었던 일이 있었다. 마을 뒤에 있는 큰 산에 올라 그동안 살았던 곳의 모습을 바라보는 것이다. 그동안 몇 달을 계속 살았지만 한 번도 이곳의 전체적인 모습을 본 적이 없었다. 세계 일주를 떠나기 직전, 농장에서의 마지막을 기념할 만한 최후의 등산을 하기로 했다.

새벽 4시 가로등 불빛 하나 없는 어두컴컴한 밤, 카메라와 삼각대를 짊어지고 손전등 불빛만을 따라갔다. 산길이 따로 만들어져 있지는 않았지만 무섭지 않았다. 마을 출구에서부터 뒤따라온 커다란 강아지가 함께 산을 올랐기 때문이다. 수많은 벌레들이 몸을 물어뜯었고 어디를 디뎌야 할지 제대로 보이지 않았지만 지칠 때마다 앞서 숲길을 헤쳐 가던 강아지가 뒤돌아와 짖어댔다. 해가 떠오르는 장면을 보기 위해서는 더 이상 지체할 시간이 없다는 것을 알려주는 듯했다.

산 정상에는 마을 전체가 내려다보이는 큰 바위 하나가 떡하니 자리 잡고 있었다. 그 뒤로 삼각대를 단단히 고정시키고 강아지와 함께 마지막 기념사진을 찍었다. 하늘은 이미 붉은빛으로 물들어 있었고, 마을 한가운데에 있는 사탕수수 공장에서는 이른 아침부터 뿌연 연기가 뿜어져 나오고 있었다.

이제 모든 준비가 끝이 났다. 농장에서 얻은 건 세계 일주를 할 수 있는 여행 경비뿐만이 아니었다. 어느새 나는 인생 최고의 체력을 갖게 되었다. 그동안 매일 새벽에 일어나 하루 종일 농장 일을 했던 터라 7킬로그램짜리 배낭은 메도 멘 것 같지가 않았다. 정말 모든 조건이 완벽했다. 이제 세계 일주를 향해 마을 밖으로 걸어가기만 하면 될 일이었다.

다시는 이곳에 돌아오지 않을 것임을 알기 때문에 떠나기가 더욱 슬펐지만.

PART 3

비로소 내가 되는 시간

store
Text UT30 to 6406

화려한 신고식

드디어 여행이 시작되었다. 걸어도 걸어도 지치지 않았다. 단순히 바나나 농장에서 길러진 강한 체력 덕분만은 아니었다. 내가 마주하는 모든 것들이 나의 새로운 시작을 응원했다. 두 발로 걷고 있는 울퉁불퉁한 황토색 흙길이 내게 힘을 주었고, 바람에 흔들리는 나무들이 그려내는 옅은 그림자도 힘을 보탰다. 여행이 끝나는 그 날까지 잠을 자면서도 걸을 수 있을 것만 같았다. 세상이 거대한 자양강장제 같았다.

본격적인 여행은 필리핀에서 시작되었다. 이번에도 바나나 마을에 처음 도착할 때와 마찬가지로 하늘에서 비가 추적추적 내리고 있었다. 미리 숙소를 예약하고 오지 않은 터라 배낭을 메고 골목 이곳저곳을 한참 돌아다녔다. 그러다 비가 좀 더 거세지자 가방 구석에 있던 작은 우산을 꺼내 들었다. 바로 그때, 쓰고 있던 우산 속으로 의문의 여자 두 명이 스윽 하고 들어왔다. 갑작스러운 상황에 아무 말도 못하고 당황해 있는 찰나, 바지 주머니 속으로 묘한 감촉이 느껴졌다. 그러고는 순식간에 그녀들은 빗속으로 유유히 사라져갔다.

'아뿔싸!'

그제야 무슨 상황인지 파악했다. 들고 있던 우산을 집어 던지고 그녀들을 뒤따라 달리기 시작했다. 아무리 늦게 정신을 차렸다 해도 그녀들은 강철 바나나 체력을 가지고 있는 내게서 멀리 달아날 수 없었다. 이윽고 그중 한 여자의 손목을 낚아챘다.

"내 지갑 돌려줘!"

생각지 못한 상황이 벌어졌다. 갑자기 그녀가 자신들은 전혀 모르는 일이라고 하는 게 아니겠는가. 그것도 세상에서 가장 억울하고 순진한 표정을 지으며. 어이가 없어진 나는 그녀들의 주머니를 강제로 뒤지려고 했지만 지나가던 사람들이 수군거리기 시작했다. 그녀들은 그 짧은 타이밍을 놓치지 않았다. 만지지 말라고 소리를 고래고래 지르며 내 손을 뿌리치려 했다. 정말 환장할 노릇이었다.

하지만 나도 억울한 척이라면 꽤나 하는 인간이기에 사람들을 향해 그녀들이 지갑을 훔쳐갔다고 억울함을 호소했다. 퍼붓는 비와 그 비를 쫄딱 맞은 거지같은 행색이 묘하게 얽혀 애처롭고 딱한 분위기를 연출했다. 상황은 조금씩 내게 유리해졌다. 하지만 잘못했다고 싹싹 빌어야 할 그녀들이 돌연 짜증을 내기 시작했다. 그러면서 그녀들은 몸속 깊이 숨겨놓았던 지갑을 길거리에 내다 꽂으며 내 손을 물어버리고 그대로 달아났다. 물웅덩이에 빠진 지갑을 주우러 가며 그래도 지갑을 찾았으니 다행이라고 스스로 위안했다. 그리고 지갑을 열어보는데….

지갑에는 현금이 없었다. 소매치기 여자와 실랑이를 벌이며 빗속의 처절한 연기를 하는 사이, 다른 일행이 지갑에서 현금을 빼간 것이다. 물에 빠진 생쥐 꼴이 되어 허탈한 표정만 지었다. 급기야 우산을 집어 던진 곳에 찾아갔을 때는 이미 우산도 사라진 뒤였다. 이번에는 허탈한 웃음조차 나오지 않았다.

참 화려한 신고식이었다.

댓잎 밥에 치킨 파는 아이들

내 몸에서 땀이 흐르는 것인지, 아니면 땀이 모여서 내가 만들어진 것인지 이미 해가 넘어간 지가 한참인데 숙소에 가만히 앉아만 있어도 땀이 주룩주룩 흘렀다. 그러고 보니 여기 필리핀 사람들은 참 신기했다. 금방이라도 계란이 익을 것만 같은 뜨거운 날씨에도 긴 바지에 겉옷까지 입고 다니니 말이다.

'도저히 안 되겠다, 이런 날씨에는 좁은 방에 갇혀 있는 것보다 밖에서 걸어 다니는 게 낫지.'

에어컨은커녕 바람도 불지 않는 방은 이미 달아오를 대로 달아오른 상태였다. 평소에는 입지도 않는 민소매 티를 입고 슬리퍼를 질질 끌면서 밖을 나와 걸었다. 별다른 풍경도 없는 심심한 마을에서 하염없이 그렇게.

한밤중에 정처 없이 계속 걸어 다니다 보니 조금씩 배가 고파왔다. 마침 숙소 앞에서 댓잎 밥에 치킨을 파는 아이들이 생각나서 그곳으로 향하게 되었다. 매일 아침 숙소를 나올 때마다 닭 튀기는 냄새에 나도 모르게 고개를 돌리게 만들었던 곳이다.

그다지 특별한 것 없는 초라한 노점이었다. 검정 모자를 쓴 아이랑 하얀 모자를 쓴 아이 둘이서 하는 곳인데, 아이 주먹만 한 10페소짜리 댓잎 밥이랑 노랗게 튀겨진 15페소짜리 치킨 조각만 팔았다. 이걸 식초를 잔뜩 넣은 초간장에 곁들여 먹는 건데, 치킨에 밥이 맛이 없을 리가 없었다. 게다가 필리핀에서 가장 유명한 맥주인 산미구엘까지 있었으니 맛은 기가 막혔다. 갓 튀긴 치킨은 한 입 베어 물 때마다 온몸의 말초신경을 기름칠했고, 냉장고 깊은 곳에서 꺼내온 맥주는 정수리 뼈까지 금세 얼려버리는 듯했다.

치킨을 세 개째 집어 먹었을까. '이거 한국에 가져가도 장사 잘 되겠다' 하고 생각하는데, 하얀 모자를 쓴 아이가 그날 번 돈을 세고 있었다. 아마 슬슬 장사를 끝낼 시간이었나 보다. 나도 모르게 두 손은 뜨거운 치킨을 향하고 있지만, 두 눈은 아이 손에 있는 돈을 힐끔힐끔 쳐다보게 되었다.

그러다 보게 되었다. 돈뭉치에서 한 쪽을 뚝 떼어서 검정 모자를 쓴 아이한테 주는 장면을. 그 장면이 참으로 이상하게 느껴졌다. 당연히 절반을 떼어서 줄 거라 생각했는데, 아무리 봐도 검정 모자를 쓴 아이에게 준 돈이 본인 것보다 두 배는 많아 보였다. 정말 아무리 눈을 씻고 쳐다봐도 말이다. 결국 궁금증을 참지 못한 나는 이렇게 물어보았다.

"왜 검정 모자를 쓴 아이가 훨씬 더 많이 가져가는 거야?"

건방진 질문이었다. 나는 질문을 하면서도 상대의 대답을 예상하는 못된 습관을 가지고 있었다. 학교 수업 시간에 질문을 하려고 손을 들던 어릴 적부터 그랬다. 사람들이 내가 바보 같은 질문을 한다고 생각하는 게 싫었다. 그래서 질문을 던지는 그 순간에도 그와 관련된 모든 생각을 하고 있었다. 내가 던지는 질문이 상황에 적합한 질문인가, 혹여 분위기를 해치지 않는가, 상대가 대답할 수 있는 질문인가, 나만 모르는 쉬운 것은 아닌가, 적당히 똑똑하게 보일 수 있는 질문인가. 어쩔 때는 아예 대답이 궁금했다기보다 '내가 이 정도 수준의 질문을 던질 수 있는 고차원적인 사람이다' 하고 내보이고 싶기도 했다. 심지어는 누군가의 대답이 내 예상 범위 안에 있음을 확인하고 남 몰래 우월감을 느끼기도 했다.

그랬다. 하얀 모자를 쓴 그 녀석에게 질문을 던질 때도 사실 어느 정도 예상을 하고 있었다. 검정 모자를 쓴 아이가 두 배 더 긴 시간을 일하겠지, 아니면 검정 모자를 쓴 아이가 처음 노점을 시작할 때 더 많은 돈을 냈겠지, 혹시 검정 모자를 쓴 아이가 재료

준비하는 데 더 많은 돈을 쓰는 걸까? 그것도 아니면 검정 모자를 쓴 아이가 더 힘이 세서 협박한 거 아니야? 알고 보니 하얀 모자를 쓴 아이가 검정 모자를 쓴 아이에게 착취를 당하고 있는 거고!

그렇게 나는 대답이 될 수 있을 만한 모든 경우의 수를 헤아리고 있었다. 하얀 모자를 쓴 그 녀석이 예상치 못한 대답으로 내 뒤통수를 때리기 전까지는.

"얘가 동생들이 더 많아요!"

갑자기 더운 게 하나도 안 느껴졌다. 왜 이렇게 부끄러운 걸까? 참 바보 같은 질문이었다. 아니, 진짜 바보 같은 생각이었다.

아르마니 코트

아시아를 여행하기 시작했을 때, 계속해서 나를 불행하게 만드는 생각이 하나 있었다. 여행 도중에 돈을 다 써버릴 수도 있다는 불안감과, 더 싸게 여행을 할 수 있지 않았을까 하는 아쉬움이었다. 한정된 돈으로 긴 여행을 하려니 돈을 써야 할 때마다 괴로운 기분을 떨칠 수가 없었다.

이런 상황이 낯설지는 않았다. 돈도 써본 놈이 쓸 줄 안다고, 원래부터 나는 돈을 쓰는 데 과감하지 못했다. 단순히 절약의 측면에서 보면 좋은 일이겠지만 돈을 써야 하는 상황이나 써도 되는 상황에서조차 불필요한 스트레스를 자주 받아야만 했다. 내가 이렇게 된 정확한 이유는 알 수 없지만, 아마 내가 어렸을 때부터 늘 돈이란 말을 입에 달고 사셨던 아빠의 영향이 있었을 것이다. 내가 한창 학원을 다니던 어린 시절, 부모님은 돈 문제로 자주 다투셨다. 거실은 온통 거친 말이 오고 가는 전쟁터가 되기도 했다. 그때마다 나는 방 안에 조용히 들어가서 자고 있는 척을 했다. 어린 나는 많이 두려웠다. 저렇게 싸우다가 헤어지기라도 하시면 난 어떡해야 하지, 하고 말이다. 왜 그렇게 싸우셨는지는 모르겠다. 생각해보면 당장 굶어 죽을 처지나 길바닥에 나앉을 상황도 아니었던 것 같은데 말이다.

그래도 여행을 하는 중에는 이렇게 고민해서는 안 될 것 같아 생각을 바꾸기로 했다. 돈을 아끼는 것도 좋은 일이지만 내게 도움이 되거나 필요한 상황에서는 능력껏 쓸 수 있는 게 더 좋겠다는 생각을 했다. 돈을 쓸 때마다 이렇게 스트레스를 받을 필요가 없었다.

'앞으로 돈을 쓰게 될 때는 비용과 투자를 구분하도록 하자.'

'비용은 어차피 사용해야 하는 돈이다. 최대한 줄이면 좋지만 아까워하지는 말자.'

'긴 시간 뒤에도 하기를 잘했다고 생각할 수 있는 일에 쓴 돈은 투자이다. 그 돈은 이미 그만큼의 값어치를 치른 것이다.'

'비용도 투자도 아닌 일에는 돈을 쓰지 말자. 쓰지 않아도 될 돈은 비용이 아니고, 쓰면 후회할 것 같은 돈은 투자가 아니다.'

'최악은 여행의 마지막 날까지 있는 돈을 다 쓰지 못하는 것이다. 지금 내가 가진 돈을 한국에 가져가봤자 같은 값어치를 하지 못할 것이다. 그러니 앞으로 내가 가지고 있는 돈을 후회 없이 전부 사용하도록 하자.'

사람의 마음이 참 단순하다. 생각을 조금 정리했을 뿐인데 한동안 내 마음을 억누르고 있던 돈의 무게를 조금이나마 벗어던진 기분이 들었다. 이동하기 위해 탔던 기차는 어차피 써야 하는 비용이라 아깝지 않았고, 산 정상에서 마신 맥주는 지금도 생각이 날 정도라서 바람직한 투자였다.

아빠는 내가 다 큰 지금도 옆에서 "돈돈돈" 하신다. 이제는 나도 익숙해졌다. 어른이 되고 난 뒤에도 나는 여전히 강남의 유명 미용실보다 초등학생들이 바글거리는 파란 간판의 동네 미용실에서 7천 원 주고 머리를 자르는 게 편하다. 그리고 혼자 밥을 먹어야 하는 상황이 오면 내 선택은 대부분 중국집 짜장면이다. 다른 메뉴들과 가격 차이도 얼마 나지 않지만 이상하게 메뉴판 가장 위에 있는 짜장면을 시키면 묘한 안도감이 든다. 거기에 완두콩까지 올려져 있다면 더할 나위 없다.

특이한 것은 이런 내가 매일 명품 옷을 걸치고 다닌다는 것이다. 신발부터 코트, 재킷, 청바지, 셔츠, 지갑까지. 이 모든 것들이 아빠가 청계천 풍물시장에서 사오신 것들이다. 20년 넘게 없는 게 없다는 청계천 풍물시장에서 물건을 사오는 일이 아빠 삶의 낙이다. 밤늦게 들어오셔서는 내게 캘빈클라인 재킷, 캐나다 구스 점퍼, 빈폴 셔츠를 입혀 보고는 뿌듯한 표정이다. 가격을 물어보면 청계천 가격이 아니라, 짐작으로 예측하는 원래 가격을 이야기하신다. 그러고는 항상 이렇게 말씀하신다. "이건 진짜야, 진짜." 굳이 따져봤자 무슨 의미가 있을까. 그저 내가 입기만 하면 저렇게나 좋아하시는데.

여전히 나는 아르마니 코트를 걸치고, 루이까또즈 지갑을 찔러 넣고 다닌다. 그러고는 아빠의 높은 트럭 옆자리에 앉는다. 뒤에는 시멘트 포대나 대리석 타일, 건축 연장 따위가 가득 실려 있다. 철없던 한때는 친구들에게 보이기 부끄러워했던 그 트럭이다. 그때는 아빠가 공사장에서 일하는 게 뭐가 그렇게 부끄러웠을까. 내가 아는 사람 중에 아빠만큼 성실한 사람을 본 적이 없다. 얼마 전 트럭 안에서 아빠에게 핸드폰으로 음악을 듣는 법을 알려드렸다. 예순셋의 아빠는 늘 어울리지도 않는 가요들을 목청껏 부른다. 윤도현의 '사랑 투'나 김건모의 '핑계', 버즈의 '가시'까지. 그 모습을 보고 있으면 내가 박치인 것이 조금은 이해가 간다. 나는 한 박자씩 놓치지만 아빠는 한 단어씩, 심지어 한 문장씩 놓치고 만다. 그래도 전혀 개의치 않고 아빠만의 마이웨이로 노래를 이어 나간다.

고상함이나 세련된 모습이라고는 찾아볼 수 없다. 하지만 이대로가 편하므로 아무것도 바라지 않는다. 어쩌면 그래서인지도 모른다. 내가 진짜 이탈리아 아르마니 코트보다 이 청계천 아르마니 코트를 더 편하게 생각하는 이유 말이다.

마이 싸이 팍치

태국을 여행하는 도중 방콕에 있는 한 요리학교에 태국 음식을 배우러 간 적이 있다. 골목 깊은 곳에 위치한 이곳에서는 여행자들을 대상으로 똠얌꿍, 그린 카레, 팟타이와 같은 태국 전통 음식 요리법을 가르쳐주고 있었다. 가정집을 개조한 듯한 요리학교에는 태국 느낌을 물씬 풍기게 하는 아기자기한 소품들이 가득했고, 방 안에는 레몬그라스와 코코넛 등 태국 요리에 사용되는 오만 가지 알록달록한 식재료가 준비되어 있었다. 그리고 그중에는 내 코를 자극하는 강한 녀석 하나가 숨어 있었다. 그래서 난 주저 없이 외쳤다.

"마이 싸이 팍치! 마이 싸이 팍치!" (고수는 빼주세요!)

태국어로는 팍치, 중국어로는 샹차이, 영어로는 코리안더, 스페인어는 실란트로, 한국어로는 고수라고 불리는 놈이다. 다른 건 몰라도 "고수는 빼주세요"라는 말만은 세계의 여러 언어로 전부 외우고 다녔다.

고수를 싫어한다는 것을 알게 된 건 호주 브리즈번 식당에서 일을 하면서부터였다. 당시 나는 매일 밤 요리사들이 퇴근한 후 홀로 주방에 남아 다음 날 식재료들을 준비해야 했는데, 그때 고수라는 놈의 실물을 처음 보게 되었다. 눈물을 흘리며 양파를 까는 일이나 얼음물 속에 퐁당 빠져 있는 오징어 껍질을 벗기는 일은 고수 잎을 따는 지독한 일에 비하면 행복한 시간이었다. 매일 고수 잎을 수백 장씩 만지고 나면 온몸에서 진한 고수향이 났고, 특히 손끝에 고수향이 잔뜩 배어나와 하루 종일 먹는 음식마다 고수 맛을 느껴야 했다. 마치 잘 만든 음식에 실수로 화장품을 잔뜩 빠뜨려 먹는 느낌이었다. 내게는 그 시간이 너무 괴로웠기 때문에 앞으로 절대 고수를 먹지 않겠다고 다짐했다.

"어떤 걸 좋아하세요?"

생각해보면 살면서 좋아하는 것에 대한 고민은 많이 해보았다. 취미라든지 꿈, 장래 희망, 여가 시간, 스트레스 푸는 법, 이상형 등 살면서 받은 대부분의 질문들은 좋아하는 것과 관련되어 있었으니까. 그리고 나는 그때마다 내가 좋아하는 것을 떠올리기 위해 고민해야 했다. 내가 무엇을 좋아하는지 아는 것은 쉽지 않았다. 내가 정말로 좋아하는 건지 단순히 새로워서 흥미를 갖는 건지, 그것도 아니면 단순히 좋아한다고 믿고 싶은 건지 너무도 헷갈리는 일이었다. 특히 어릴 때는 취미를 적어 내야 하는 날이 많았는데, 딱히 좋아한다고 말할 수 있는 게 없었다. 그렇다고 또 아무거나 좋아한다고 할 수도 없었다. 솔직하게 컴퓨터 게임을 좋아한다고 쓸 수는 없는 노릇이니까. 그래서 나의 어릴 적 취미는 '과학 탐구'나 '독서' 같은 적당하고 교양 있는 말들로 채워졌다. 물론 아주 틀린 말은 아니었다. 글로 된 책이 아니었을 뿐, 어릴 적 나는 공상 과학 만화라면 정말 많이 봤으니까.

반대로 싫어하는 것에 대한 고민은 어땠을까. 아무래도 좋아하는 것에 비해 많이 고민해보지 않았다. 사람들은 가까운 사이가 아니고서야 싫어하는 것에 대해서 쉽게 언급하지 않는다. 무언가를 싫어한다는 것은 좋아하는 것과는 달리 누군가를 불편하게 할 수도, 심하게는 피해를 줄 수도 있다고 생각하니까. 그렇다 보니 내가 무엇을 싫어하는지에 대해 고민할 기회는 쉽게 생기지 않았다. 하지만 내 기분에 자주 영향을 미쳤던 것들은 분명 좋아하는 것보다 싫어하는 것들이었다.

싫어하는 것을 마주치는 일에서 오는 스트레스는 결코 무심히 넘어갈 문제가 아니었다. 내가 좋아하는 것을 찾기 위해 고민했던 시간만큼 내가 무엇을 싫어하는지에 대해 고민하는 시간이 필요했다. 복잡한 고민을 많이 할 필요도 없다. 신기하게도 사람은 싫어하는 것에 대해서는 비교적 단순하고 직감적이다.

이후 여행을 하면서 수없이 고수와 반갑지 않은 재회를 했다. 특히 동남아시아와 남아메리카 지역에서는 고수는 흔히 사용되는 식재료였다. 하지만 다시 고수를 먹을 일은 생기지 않았다. 이제 내가 고수를 싫어한다는 것쯤은 확실히 알고 있었다.

나는 고수와 담배 연기를 싫어하고, 비 오는 날 긴 바지를 입는 것과 동물을 발로 차는 사람을 싫어한다.

버리는 것에 익숙해지기

동남아시아를 여행하는 동안 싼 물가에 혹해 하나둘씩 잡다한 물건들을 사버리고 말았다. 대부분 몇천 원도 하지 않는 값싼 물건들이지만 조금씩 모이다 보니 어느새 7킬로그램 배낭에 계속 넣고 다니기 어려운 상황이 되어버렸다. 더구나 동남아시아의 뜨거운 날씨에 매일 무거운 배낭을 메고 엄청난 거리를 걷다 보니, 조금의 무게만 더해져도 천근만근처럼 느껴졌다. 그래서 앞으로는 내게 도움을 주는 사람을 만날 때마다 가진 것을 하나씩 선물하기로 마음먹었다.

여행은 버리는 것에 익숙해지는 과정이기도 했다. 단지 물질적인 것만을 이야기하는 것은 아니다. 여행자는 항상 떠나야 하는 존재이므로 익숙해진 장소도, 힘들게 적응했던 상황과 문화도,

그리고 정든 사람들과도 언젠가는 이별해야만 했다.

그동안 살면서 얻는 것에만 익숙해져 있었는지 모른다. 하지만 버리는 것에 익숙해져야 한다. 버리는 것은 이별을 연습할 수 있는 유일한 수단이니까. 그래야만 갑작스럽게 찾아오는 '잃는 것'에 대비할 수 있다.

초등학교 때였다. 기르던 강아지 '꼬꼬'를 잃고 한참 슬픔에 잠겨 있었는데, 아빠가 제대로 걷지도 못하는 아기 치와와를 데리고 오셨다. 나는 곧 그 강아지를 '또또'라고 불렀다. 또또는 그때부터 무려 16년을 나와 함께 살았고, 나는 또또를 친동생처럼 생각했다. 세 번의 이사를 하는 동안에도 우리는 늘 같은 방을 썼다. 이 못난 녀석은 꼭 내 침대에서만 잤고 그것도 하필이면 내가 다리를 두고 자야 하는 곳에서만 잠을 청했다. 덕분에 나는 항상 침대에 대각선으로 누워 삐딱하게 잠을 잘 수밖에 없었다. 내 발바닥만 한 그 작은 녀석 하나 때문에.

내가 세계 일주를 마치고 돌아온 얼마 후부터 또또는 한참을 골골댔다. 눈은 백내장이 생겨 흐릿해졌고, 배에는 서서히 내보내지 못하는 물이 차올랐다. 나이가 든 것이다. 그리고 며칠간 아무것도 먹지 못하더니 가장 좋아하던 방석 위에 누워 간신히 숨만 쉬었다.

그리고 얼마 후 나는 또또의 마지막 순간을 함께했다. 그 작은 몸의 심장이 서서히 느려지고 싸늘하게 굳어가는 모습을 홀로 조용히 지켜보았다. 한 차례 작은 발작이 있더니 더 이상 움직이지 않았다. 늘 물고 뜯어 또또의 침이 가득 밴 호랑이 인형을 옆에 가지런히 놓아주었다. 마지막으로 보드라운 털을 쓸어주고 가만히 수건으로 얼굴을 덮어주었다. 다행히 견디기 힘들 정도로 슬프지는 않았다. 아마도 여행을 통해 이별이 조금은 익숙해졌나보다 생각했다.

그리고 그날 밤, 침대에 곧게 누워 천장을 바라보는데, 문득 편하다는 생각이 들었다. 이제 대각선으로 잠들지 않아도 되었으니까. 하지만 곧… 거대한 파도 같은 죄책감이 몸을 덮쳤다. 다리를 곧게 펴고 있는 것이 미안했다. 또또와 이별하는 그 순간, 견디기 힘들 정도로 슬퍼하지 못한 것이 미안했다.

인생도 결국 조금 긴 여행일 뿐이라는 생각이 들었다. 여행을 하면서 많은 것을 버리고 떠나보내야 했듯이, 결국 인생에서도 소중한 것들과 하나씩 이별해야 한다.

자식 된 도리로 꼭 하고픈 일이 있다. 부모님의 마지막 순간을 옆에서 지켜드리는 일. 나는 그 날이 오면 크게 힘든 내색을 하지 않을 것이다. 지금처럼 버리는 연습을 하다 보면 가능하지 않을까 싶다. 부모님이 그 날만큼은 내 걱정을 하시지 않으셨으면 해서 그렇다.

그리고 마침내 편안히 눈 감으시는 그 순간, 나는 태어난 이래로 가장 서글프게 펑펑 울 것이다.

우리 집 서재에는 아주 오래 전부터 꽂혀 있던 박경리 선생님의 유고 시집이 있다. '옛날의 그 집'이란 시에 이런 내용이 나온다.

> 아아 편안하다 늙어서 이리 편안한 것을
> 버리고 갈 것만 남아서 참 홀가분하다

궁금하다. 언젠가 나도 그런 날이 올까.

카오산 로드

태국의 카오산 로드, 젊음의 활기와 생명력이 넘쳐나는 여행자들의 밤거리. 온갖 음악과 음식, 술과 춤, 전 세계 배낭 여행자들이 비빔밥처럼 한데 어우러져 있는 시끌벅적한 곳이다. 이 거리 구석구석에 숨어 있는 수많은 게스트하우스 중에 한 곳을 숙소로 잡았다면, 편히 잠을 이룰 수는 없다. 온통 자유를 갈망하고 청춘을 불태우고 싶어 하는 전 세계 여행자들의 소굴이니까.

바로 그 여행자들이 카오산 로드의 매력이다. 카오산 로드를 제대로 즐기기 위해서는 새로운 사람과의 만남을 두려워하지 않아야 한다. 그리고 하나 더, 그 새로운 사람의 너무 많은 것을 알려고 하지 않아야 한다.

카오산 로드만큼 다양한 여행자들이 한데 모인 곳이 있을까.

dtac
7 Things To Do In Khaosan
1 Visit Wat Chana Songkhram
2 Check Out Khaosan Museum
3 Enjoy The
4 Get A Tattoo
Thai Massage
6 Buy Silver And Handcraft Art
7 Rock The Night Out
www.bangkoktram.com
Tailor Top 10 in Town

직장을 그만두고 전 세계를 돌아다니며 길거리 기타 공연을 하는 프랑스 친구, 태국 요리를 배우기 위해 매일 방콕 요리학교를 다니는 중국 대학생, 전 세계 여자를 만나보는 게 꿈이라는 수염을 덥수룩하게 기른 이탈리아 남자, 스무 살에 집을 나와 여기저기에서 영어를 가르치며 돈을 벌고 여행하고 있다는 가족이 없는 국적 불명의 할아버지, 매 휴가 때마다 모든 연락을 끊고 홀로 이곳에 온다는 한국 직장인.

우리는 각자 다른 곳에서 왔지만 누구와도 쉽게 친해질 수 있었다. 모두 같은 곳에서 인생을 즐기고 있고, 함께 길거리에서 파는 값싼 음식들을 먹으며, 같은 음악의 리듬을 타고 있었으니까. 각자의 학력과 재산, 직업과 나이는 크게 중요하지 않다. 오히려 하고 있는 일보다 하고 싶어 하는 일에 관심을 가지며, 배운 것보다 배우고 싶어 하는 것에 관심을 가졌다. 여행자라면 누구나 갖고 있는 각자의 꿈에 대한 이야기를 나눌 뿐이었다.

이런 만남이 그리울 때가 있다. 학창 시절 때와는 달리, 언젠가부터 새로운 사람을 만날 때마다 서로가 서로의 너무 많은 것을 보게 된다. 왜 나는 매번 저 사람이 나와 다른 삶을 살아왔다고 경계하고, 또 그 사람이 가진 것이나 하는 일을 부러워하고 실망하게 되는 것일까. 모두가 행복해지고 싶은 꿈을 가진 똑같은 사람인데….

적당히 툭툭

오토바이도 자동차도 아닌 묘한 매력을 가지고 있는 툭툭을 좋아한다. 툭툭을 타려면 먼저 기사와 흥정을 해야 한다. 기사가 부르는 값과 내가 부른 값 사이에서 적당히 타협을 하면, 좁은 뒷좌석에 짐과 몸을 구겨 넣고 달리기 시작한다.

사람을 편안하게 만들어주는 마법의 단어 '적당히'.

툭툭은 그 적당히의 매력을 가장 잘 느낄 수 있는 교통수단이다. 오토바이처럼 몸이 완전히 밖으로 나와 있어서 머리가 산발이 되지 않고, 자동차에 있는 큰 덮개가 없어서 답답하지도 않다. 적당히 바람을 쐬면서 안락한 분위기를 느낄 수 있다. 너무 느리거나 빠르지 않아 주변 경치를 둘러보는 데 적당하다. 그래서 툭툭에 타고 있으면 마음이 참 편안하다.

툭툭처럼 적당한 사람이 되고 싶다. 적당히는 '딱 내가 원하는 그만큼'이다. 너무 모자라지도 않고 너무 넘치지도 않게 적당히, 딱 내가 원하는 만큼. 너무 잘난 척하지 않고 너무 열등감에 빠져 있지도 않은 적당한 사람.

누구에게나 딱 원하는 만큼 적당해서, 같이 있으면 왠지 모르게 마음이 편안한 사람. 진실보다 거짓이 필요할 때도 있다는 것을 알고, 때로는 이성적이기보다 감성적일 수도 있는 사람.

그런 사람이 되고 싶다.

기차에서 받은 절

인도의 기차는 문이 없다. 달리는 기차 한쪽에 기대어 서서 배낭 옆에 꽂아두었던 콜라를 꺼내 들었다. 익숙한 빨간 플라스틱 뚜껑을 돌리는 순간, 기대했던 '뜨드득' 하는 소리는 들리지 않고 '푸슉' 하고 힘없는 소리가 들려왔다. 이번 콜라도 꽝이었다. 거금 10루피(170원)를 주고 구매한 콜라는 공장에서 나온 새 제품이 아니라 이미 한 번 따 놓았던 병에 김이 다 빠진 미지근한 콜라를 채워 넣은 싸구려였다. 인도의 예상치 못한 매력은 늘 나를 놀라게 만들었다.

문이 뻥 뚫려 있다 보니 반대 방향으로 달리는 기차의 승객들과 계속해서 눈이 마주쳤다. 다들 저마다 가지각색의 신기한 모습으로 기차를 타고 있었다. 아무리 문이 없다지만 몇몇 유별난 손님들은 몸이 거의 반쯤 기차 밖으로 나와 있었다. 위험천만하게 느껴지긴 하지만 이들에게는 당연한 일상이겠구나 하는 생각이 들었다. 그 풍경이 흥미로웠다.

그렇게 한참 동안이나 건너편 승객들을 구경하던 중, 같은 기차에 타고 있던 어린 꼬마가 다가와 손을 내밀었다. 익숙한 풍경이었다. 아시아를 여행하는 동안 구걸하는 꼬마 아이들을 수도 없이 봐왔다. 어디서 돈을 꺼내는지 보이게 되는 순간, 주변에서 눈치만 보던 모든 아이들에게 둘러싸여서 곤혹을 치른 터라 쉽게 돈을 주진 않았다. 하지만 기차 안에서는 괜찮겠지 싶어 주머니를 뒤져 동전을 찾아보았다.

안타깝게도 잔돈을 하나도 갖고 있지 않았다. 어쩔 수 없이 지갑을 열어보았다. 100루피(1700원)짜리 지폐 두 장이 들어 있었다. 택시 기본요금이 20루피(340원), 기차요금이 10루피(170원)밖에 하지 않는 인도에서는 다소 큰 금액이었다. 하지만 한국에서의 생활을 생각해보면 내게는 그렇게 큰돈은 아니었으므로 200루피를 전부 아이 손에 쥐어주었다.

'겨우 200루피인걸. 커피 한 잔 안 마셨다 치면 되지.'

뜻밖에 큰돈을 받은 아이는 깜짝 놀란 표정이었다. 그러고는 돌연 나를 향해 엎드려서 절을 했다. 신발도 신지 않은 맨발의 그 아이는 더러운 기차 바닥에 몇 번이고 머리를 박으며 절을 했다.

사람들이 다 보고 있는 달리는 기차 안에서.

기차는 무덥고 냄새 나는 기찻길을 계속해서 달렸다. 더 이상 그 풍경이 재밌지 않았다. 돈을 가볍게 생각한 나 자신이 부끄러웠다. 세계 어느 곳을 가도 행복과 사랑, 돈은 존재했다. 행복이나 사랑은 그 가치의 크고 작음을 쉽게 비교할 수 없었다. 하지만 돈은 사람과 사람 사이에서 그 가치가 너무도 극명하게 비교되었다.

불가촉천민

인도에서 탄 기차는 부와 번영의 힌두교 여신 '마하락슈미'의 이름을 그대로 가져온 마하락슈미 역에 도착했다. 하지만 역설적이게도 이 기차역은 물질적 성취를 대표하는 여신의 이미지와는 전혀 달랐다. 그 이유는 기차역에 내리는 순간 알 수 있다. 바람을 타고 엄청난 습기를 동반한 퀴퀴한 냄새가 코를 찔렀다. 이 마하락슈미 역 옆으로는 지구상의 가장 큰 빨래터인, 약 3만 평에 걸친 도비가트가 있다.

도비가트에는 수많은 판잣집들이 벌집 구멍마냥 다닥다닥 붙어 있다. 그리고 그 사이사이에는 온통 빨래를 하기 위한 비좁은 욕조가 닭장처럼 이어져 있다. 이곳에 살며 일하는 사람들을 도비왈라라고 부른다. 이들의 직업은 대를 이어 전수되기 때문에 어린아이 때부터 노인이 될 때까지 평생 빨래를 하며 지내야 한다. 인도의 뜨거운 태양 아래, 하루 15시간에 달하는 고된 노동을 해야 하지만 그들이 손에 쥐게 되는 돈은 간신히 입에 풀칠할 수 있는 정도일 뿐이다. 여든이 넘어 보이는 할아버지의 뒷모습을 보니, 수십 년에 걸쳐 만들어진 잔근육이 가득했다.

20세기 중반, 인도는 법적으로 카스트 신분 제도를 완전히 폐지했다. 하지만 오랜 세기를 걸쳐오며 인도인들 문화에 깊이 뿌리내린 신분 제도는 여전히 인도 사회 곳곳에 존재하고 있었다. 가장 상위 계층인 브라만부터 크샤트리아, 바이샤, 수드라까지. 그리고 마하락슈미에서 만난 도비왈라는 그 네 가지 범주에조차 들지 못하는 불가촉천민이다.

불가촉천민, 이토록 잔인하고 무서운 말이 있을까. 그들은 다가가서도 만져서도 안 되는, 짐승보다도 못한 존재로 취급 받는 사람들이다.

세상에는 참 다양한 삶이 있었다. 형태가 다르고 조건이 다르고 그 무게도 다양했다. 삶은 누군가에게는 참 아름답지만, 누군가에게는 태어나는 순간부터 몸서리쳐질 정도로 가혹했다. 나는 삶이 공평하다는 거짓말을 믿지 않기로 했다. 비관적으로 들릴지도 모르겠지만 적어도 내가 그곳에서 본 세상은 그러했다.

가끔 이런 말을 하는 사람들을 본다.

"필리핀이나 인도 빈민가 사람들이 한국에 사는 우리들보다 스트레스도 덜 받고 행복하지 않을까? 고민할 일도 없고 주변 사람들도 다 비슷하게 사니까 비교할 일도 없잖아."

하지만 막상 그들이 기본적인 위생조차 갖춰지지 않은 열악한 환경에서 살아가는 것을 보면 그렇게 쉽게 말할 수는 없을 것이다.

몇 번 그곳을 찾아간 것만으로 그들이 자신의 삶을 불행하다고 생각하는지, 행복하다고 생각하는지는 알 수 없다. 하지만 확실히 말할 수 있는 것은 그들은 적어도 내가 인도에서 만난 가장 순박하고 친절한 사람들이었으며, 매일 반복되는 궂은 노동 속에서도 웃음을 잃지 않고 살아가고 있다는 것이다. 나는 그곳이 정겨웠고 도비왈라들이 마음에 들었다. 그들이 불가촉천민이건 크샤트리아이건 전혀 중요하지 않았다. 그들은 나와 같은 눈빛을 하고 있었다.

그렇게 한참을 돌아다니다 도비가트를 나오려는데 한 청년이 발을 헛디뎌 넘어질 뻔했다. 그러자 다들 세상 떠나갈 것처럼 순수하게 웃었다. 그 정도 자극에는 쉽게 웃을 수 없게 무뎌진 나만 빼고. 과연 그들은 행복할까? 불행할까? 아무도 단정 짓지 못할 것이다.

OFF ON

1st & 2nd CLASS LADIES COACH

YOLO

아프리카에 왔구나

인도 뭄바이를 떠난 비행기는 카타르의 도하를 거쳐 점점 남쪽으로 내려갔다. 그리고 마침내 비행기 창밖으로 붉은 대륙이 보였다. 듬성듬성 보이는 작은 건물들과 끝이 보이지 않는 평원. 두 눈으로 그 모습을 직접 보는 순간, 아프리카에 도착했다는 것을 실감했다. 열댓 명 정도밖에 안 되는 승객을 태운 작은 비행기는 서서히 공항에 착륙했다.

주변을 둘러보니 도하 국제공항에서 탄자니아 다르에스살람 공항으로 향하는 비행기를 탔던 아시아 사람은 나 혼자였다. 그리고 입국 게이트에 들어서는 순간 더 놀라운 사실을 알게 되었다. 외국인 입국 게이트를 통과하는 승객은 오직 나 하나뿐이었다. 나는 그 시각 탄자니아 다르에스살람에 입국한 유일한 외국인이었던 것이다.

"헤이, 헤이, 헬로 프렌드! 프렌드! 마이 프렌드!"

입국 심사대를 빠져나오자마자 수많은 사람들이 나를 환영했다. 마치 한류스타가 된 기분이 들었다. 참 이상한 일이다. 분명 나는 아프리카에 처음 왔는데, 구름같이 모여든 그들은 내게 친구라고 부르며 연신 환호를 보내고 있었다.

"텐 달러! 텐 달러!"

그들은 모두 택시 기사들과 오토바이 기사들이었다. 비행기에서는 여러 명이 내렸지만, 그들의 관심은 온통 내게로 향했다. 목에 걸린 카메라와 허름한 침낭을 비롯해 이것저것 주렁주렁 매달려 있는 커다란 백팩, 누가 봐도 어수룩한 여행자의 모습이었다. 마치 오랫동안 굶주린 사자 우리 한복판에 던져진 순한 가젤 한 마리가 된 기분이었다.

하지만 사람을 겉모습만으로 판단하는 것은 금물이다. 나도 이런 상황에 나름 잔뼈가 굵은 여행자였다. 일당백의 장수가 되어 그 무리의 한복판으로 과감히 뛰어들었다. 그리고 연신 "노"를 외치며 같이 내린 승객들을 따라갔다. 적군들이 좌우에서 맹렬하게 도약해 덮쳐오는 듯했지만, 내 시선은 오직 다른 승객들이 가는 방향에만 고정돼 있었다. 그들은 점차 다급해져 "8달러"를 외쳤고, 마침내 공항 출구에 다다랐을 때는 "5달러"를 외쳤다. 5달러 정도면 마을까지 가는 택시비로 괜찮을 수도 있겠다는 생각이 잠시 스쳤지만, 소신 있게 다른 승객들을 따라가기로 했다.

그렇게 공항 밖을 빠져나와 10분 정도를 걸어가니 마을로 향하는 작은 버스가 보였다. 가격은 고작 500실링(250원), 아무 생각 없이 10달러를 내고 택시를 탔다면 거의 50배에 달하는 요금을 낼 뻔했다. 알뜰한 베테랑 여행자라고 스스로를 칭찬하며 버스 가장 안쪽에 자리를 잡았다. 사실 다른 승객들이 200실링을 내고 버스를 타는 것을 보았지만 이제 와서 속았다는 것을 인정하기 싫어 그냥 조용히 있기로 했다. 그렇게 버스는 중앙선도 없는 비포장 도로 위를 흙먼지를 날리며 달리기 시작했다.

팔과 다리가 어디에 있는지 알기 힘들 정도였다. 고작 열 명을 태울 수 있을 것 같은 작은 버스엔 이미 스무 명이 넘는 사람들이 빽빽하게 탑승했고, 내 몸은 그 속에 그대로 파묻혀버렸다. 그리고 아프리카 느낌이 물씬 나는 강렬한 비트의 음악이 흘러나왔다. 사람들이 하나둘 고개를 까딱거리며 리듬을 타기 시작했다. 그 리듬은 몸에서 몸으로 전해져 어느 틈에 버스 전체가 한 몸이 되어 리듬을 타기 시작했다. 버스 안에서 강제적으로 아프리카 음악에 리듬을 타며 이렇게 생각했다.

'아, 내가 정말 아프리카에 왔구나.'

하쿠나 마타타

탄자니아 사람들은 영어와 스와힐리어를 사용한다. 간혹 영어를 모르는 탄자니아 사람도 만나기 때문에 기본적인 스와힐리어 몇 가지를 길거리에서 배우게 됐다. 일단 가장 기본적인 인사는 '잠보'였다. 아마 내가 사용한 스와힐리어 중 90퍼센트는 이 인사말이었을 것이다. 그리고 '너를 좋아해'는 '니나쿠펜다'. 만화 영화에 자주 나와 익숙한, 사자를 뜻하는 '심바'. 또 우리가 알고 있는 말 중에 탄자니아 사람들이 실제로도 많이 사용하는 말이 있었다.

"하쿠나 마타타!"

'하쿠나 마타타', 모든 게 잘될 터이니 근심, 걱정을 떨쳐버리라는 참 속 편한 말이다. 이렇게 긍정적인 말을 일상생활에서 많이 사용한다는 것은 평소에 이들의 마음가짐이 어떠한지를 잘 보여준다. 기다리는 버스가 한참 동안 오지 않아도 '하쿠나 마타타', 귀찮은 일이 생겨도 '하쿠나 마타타', 힘든 일이 생겨도 '하쿠나 마타타'. 이들에게 '하쿠나 마타타'는 그들이 삶을 살아가는 방식이었다.

한번은 물건을 사러 가게에 들른 적이 있다. 600실링짜리 물건을 사고 1000실링짜리 지폐를 건네주었다. 잔돈을 받으려고 가만히 서 있는데 한참을 기다려도 잔돈을 거슬러주지 않았다. 왜 잔돈을 안 주냐고 살짝 짜증 섞인 말투로 묻자, 그 상점 주인이 이렇게 말했다.

"하쿠나 마타타!"

어쩌면 아프리카에는 스트레스란 말이 없을지도 모르겠다.

세렝게티를 가기 위해 세렝게티 사바나에서 가장 가까운 마을 아루샤로 향하는 버스표를 구입했다. 버스 출발은 새벽 5시였지만 예상 도착 시간은 저녁 7시인 장거리 버스였다. 더구나 워낙 출발 시간이 이르다 보니 한밤중에 홀로 숙소를 빠져 나와야 했는데, 길거리가 온통 칠흑 같은 암흑이었기 때문에 정류장까지 가면서 엄청난 공포를 견뎌야 했다. 아직은 아프리카 도시의 밤을 홀로 걷는 게 너무도 무서웠다.

버스는 가로등조차 없는 어두컴컴한 길을 스스로 개척하며 달렸다. 흙길을 달리다 보니 차가 심하게 덜컹거렸고, 창문 안으로 계속해서 흙먼지가 들어왔다. 그 먼지바람에 숨을 쉬기가 힘들어 창문을 닫고 싶었다. 하지만 아프리카의 후덥지근한 날씨에 에어컨조차 없는 버스를 타고 있다 보니, 차라리 모래바람이라도 맞는 게 낫겠다는 생각을 했다. 어떻게 이렇게 열악한 조건에서 10시간 넘게 버스를 타고 갈 수 있을까. 하지만 다른 승객들은 전혀 동요가 없었다. 이런 상황을 당연스럽게 여기는 그들의 인내심이 존경스러웠다.

버스는 그렇게 한참을 달리다 휴게소에 멈춰 섰다. 허허벌판에 초라한 천막이 몇 개 있는 정도였다. 그 천막 안에는 구덩이만 파놓아 자연을 한껏 활용한 친환경 화장실도 있었다.

"쿵! 쿵! 쿵! 쿵!"

화장실에서 볼일을 보고 나오는데 그 옆 천막에서 도끼로 나무를 찍는 소리가 계속해서 들려왔다. 다들 줄을 서서 들어가길래 나도 자연스레 그 뒤에 따라 섰다. 그 쿵쿵 하는 소리는 도끼로 나무 그루터기를 찍는 소리였다. 그 위에는 커다랗게 튀긴 통닭이 놓여 있었다. 손도끼를 들고 있던 아저씨는 도끼로 통닭을 조각조각 쪼갠 뒤 대충 접시에 담아 나눠주었다. 통닭 밑에는 얼마나 오래 튀겼는지 모를 정도로 말라비틀어진 감자튀김이 수북이 쌓여 있었다. 강한 후추 향이 코를 찔렀다.

배불리 식사를 마치고 다시 거대한 버스에 올라탔다. 버스 주변으로 바구니 가득 간식거리를 파는 청년들이 다닥다닥 달라붙었다. 옆에 앉아 있던 아주머니가 버스 창문을 열더니 인도 전통 빵인 사모사를 주문했다. 버스 밑에서 한 청년이 황토색 종이봉투에 사모사를 담아 창문 안으로 건네주었다. 아주머니가 잔돈이 없었는지, 지갑에서 고액권을 꺼내 창문 밖으로 건네주었다.

그때 버스가 요란한 굉음을 내며 움직이기 시작했다. 순식간에 사방에 붉은 모래바람이 일었고, 잔돈을 꺼내던 청년은 늘 있던 일인 양 자연스레 함께 달리기 시작했다. 그 아프리카 청년은 세렝게티의 붉은 전사처럼 전속력으로 질주했다. 하지만 청년의 다리는 끝내 버스의 거친 엔진을 따라잡지 못했다. 청년은 그렇게 한 손에 잔돈을 쥔 채 모래바람 속으로 사라져갔다. 조용히 그 모습을 지켜보고 있던 나는 속으로 혼자 중얼거렸다.

하쿠나 마타타….

아프리카 자물쇠

아루샤는 내가 처음으로 여행한 아프리카 마을이다. 아직은 아프리카의 낯선 모습들이 무서웠던 때였다. 낯선 거리가 무서웠고, 낯선 사람들이 무서웠으며, 사람들이 길거리에서 사탕수수를 씹고 다니는 낯선 풍경이 무서웠다. 동양인은 물론이거니와 외국인 자체가 거의 없었기 때문에 더 그랬다. 이따금씩 보이는 검정색 선글라스 뒤로 나를 쳐다보는 눈동자가 느껴졌다. 가급적 아무도 말을 걸지 않았으면 하는 생각이었다.

결국 나는 그 두려움의 멀미를 이기지 못했다. 예정보다 이른 낮에 숙소를 찾았고, 평소보다 더 비싼 돈을 주고 개인실을 구했다. 그리고 방에 들어가자마자 테이블 위에 놓여 있던 거대한 자물쇠로 문을 걸어 잠갔다. 시골 창고에서나 볼 수 있을 것만 같은 투박하고 거대한 자물쇠였다. 겉모습은 너무나도 허술하고 투박한 잠금장치였건만, 내게는 그 어떤 철제 잠금장치보다 든든했다. 실제 성능이 중요한 게 아니었다. 녹슨 자물쇠에서만 풍겨져 나오는 고유의 분위기가 있었다. 그 분위기는 한없이 따뜻하고 믿음직스러워서, 열쇠 구멍 틈새로 스며 나오는 작은 빛으로도 침대 하나 있는 작은 방을 지키기에 충분했다.

한 아이를 위해 꽃을 전해주던 옛날의 내 모습을 떠올렸다. 잠시 망설이던 그 아이도 내가 좋다고 했다. 큰 키, 말쑥한 얼굴, 똑똑한 머리가 마음에 든다고 말했다. 나는 그래서 우리가 잘될 수 있을 것이라 생각했다. 하지만 이내 그 아이는 내게 이렇게 말했다. 자기는 꽃을 싫어한다고, 결국은 시들어 쓰레기통에 버려질 쓸모없는 물건이라고, 그렇게 가치 없는 물건은 좋아하지 않는다고.

문득 1960년대 공상 과학 영화인 〈스페이스 맨〉의 한 장면이 떠올랐다. 우주 정거장 실험실에서 일하는 한 여자와 그곳에 기자로 파견 나간 한 남자와의 대화. 둘은 같은 물체를 바라보고 있는데, 여자는 그 물체를 이렇게 설명한다.

"These are diaspores. This has the purpose of changing hydrogen into breathable oxygen and they're as necessary here. As the air is on earth."

(이건 산포체예요. 수소를 변환시켜서 우리가 숨 쉴 수 있게 하는 산소로 만들어주죠. 마치 지구의 공기처럼 이곳에 꼭 필요한 것들이죠.)

그리고 남자는 이렇게 대답한다.

"But I still say they're flowers."

(그래도, 나는 그것을 꽃이라 부를래요.)

나는 그 아이와 맞지 않을 수 있겠다는 생각을 했다. 정말로 쓸모에 따라 가치를 정할 수 있는 것일까. 받아들일 수 없었다. 쓸모는 타인의 이기심에서 비롯된 일방적인 평가에 불과하다고 생각하니까. 꽃도, 자물쇠도, 그 무엇도, 다른 어떤 것을 위해 존재하지 않는다. 꽃은 꽃이기에 가치 있고, 사람은 사람이기에 가치 있는 것이다. 우리 모두는 누구에게 쓸모 있기 위해 태어난 것이 아니다. 아이들만 봐도 그렇다. 국내 총생산이라든지 노동력 수치라든지 가장 객관적이고 수학적인 경제적 지표로 바라봤을 때 분명 아이들은 세상에 쓸모없는 존재들이다. 하지만 우리는 이미 알고 있다. 아이들은 태어난 그 자체로 가치 있다는 것을….

끝없는 평원의 사파리

아프리카 아루샤에 도착하자마자 사파리로 떠날 준비를 시작했다. 어디든 갈 수 있을 법한 튼튼한 바퀴를 가진 커다란 지프를 빌렸고, 함께 떠날 요리사와 가이드 친구를 만났다. 지프 트렁크에는 당분간 내 집이 될 1인용 텐트를 실었고, 남은 공간에는 4일간 먹고 마실 식량을 가득 채웠다. 그렇게 '끝없는 평원'이라는 뜻의 '세렝게티' 1000킬로미터를 달릴 모든 준비를 마쳤다.

바로 다음 날 새벽, 지프는 거친 모래바람을 휘날리며 끝없는 평원의 입구에 도착했다. 이곳은 인류 문명의 손길이 거의 닿지 않은 순수한 야생 그 자체이자 내가 아프리카를 찾은 이유, 세렝게티였다.

지프에 앉아 있는 시간도 아까웠다. 좌석을 밟고 올라서서 덜

컹거리는 지프의 뚜껑을 열고 머리를 내밀었다. 세렝게티의 감동적인 모습을 조금이라도 더 생생하게 바라보고 싶었다. 그리고 이 모습들을 열심히 카메라에 담았다.

광활한 대자연의 모습은 인간이 얼마나 작은 존재인지를 깨닫게 해준다. 직접 보지 않고는 그 감동을 온전히 표현할 수가 없다. 세렝게티의 모습은 정말 야생 그 자체의 모습이다. 동물원 우리에 갇혀 있는 동물들의 경직된 모습이 아니라, 거대한 자연 속에서 본능대로 살아가는 경이로운 풍경이다. 호숫가 주변으로 수많은 버팔로 떼와 가젤들이 물을 마시고 있고, 웅크린 사자가 수풀 속에서 급습할 타이밍을 노리고 있으며, 나무 위 표범이 그 모습을 주시하고 있다. 배고픈 자칼과 하이에나는 버려진 시체를 찾아 평원 이곳저곳을 어슬렁거린다. 온순한 코뿔소와 기린, 야생의 혈기를 주체 못 하는 타조와 치타, 얼룩말이 보였다.

사파리는 인간 중심적으로 세상을 바라보던 기존의 시선에서 벗어나 자연의 질서에 따라 세상을 바라보게 해주는 힘이 있었다. 광활한 사바나의 평야에서 인간은 너무나도 무력하고 초라한 존재였다. 그래서 평소 알게 모르게 가지고 있었던 인간 중심의 교만한 생각들, 예컨대 인간 이외의 생명을 향한 경시 같은 것들에 대한 부끄러운 마음이 들었다.

사실 '사파리'는 짐승들을 관찰하는 행위를 뜻하는 말이 아니다. 아프리카 언어인 스와힐리어로 '여행'이라는 뜻이다. 왜 아프리카 사람들은 사바나를 돌아다니며 짐승들을 바라보는 행위를 여행이라고 부르는 것일까.

인생의 중요한 깨달음은 평소에 하지 못한 깊은 고민에서 시작된다고 생각한다. 그리고 때로는 평소에 보지 못했던 여행의 장면들이 깊은 고민을 가져다주기도 한다. 어쩌면 아프리카 사람들에게 여행은 단순히 먼 곳으로 떠나는 일이 아니었던 것 같다. 그들에게 여행은 인간의 질서가 아닌 대자연의 질서 속에서 인간이 추구해야 할 가치와 세계가 무엇인지 탐구하는 시간이 아니었을까. 더 넓은 시야에서 내 객관적인 존재와 가치를 알아가는 경험, 내가 사파리에서 느꼈던 여행이 바로 그런 것이었다.

어른이 된다는 것 말이야

저기 저 짐승들 말이야, 사자나 표범, 하이에나 같은 사나운 짐승들 있잖아. 가까이서 보니 생각보다 무섭다는 생각은 들지 않아. 오히려 한참 바라보고 있으면 귀엽다는 생각이 들 정도야.

그런데 저 짐승들 말이야, 다른 짐승을 만나면 절대 등을 보이지 않는대. 오히려 깊숙이 숨겨놓았던 날카로운 발톱을 뽑아내고, 보기만 해도 공포스러운 서슬 퍼런 이빨을 드러내지. 약해 보이지 않으려는 거야. 약해 보이는 순간 지는 거거든. 사실은 떨고 있을지도 몰라.

어른이 된다는 거 말이야. 저 짐승들과 다를 게 없다는 생각이 들어. 나이가 들면 점점 지켜야 할 것들이 많아지잖아. 그러면 절대로 약하게 보이면 안 되는 거니깐.

그런데 우리한테는 날카로운 발톱이나 이빨이 없잖아? 우리가 할 수 있는 건 자꾸 구겨 넣는 일이야. 약점이 될 수 있는 것들은 모조리 구겨 넣어버리는 거지. 불안한 마음과 우울한 생각까지 모조리 다! 순수하고 치기 어린 생각들이 멋대로 입 밖으로 튀어나오지 못하게 목구멍 안으로 구겨 넣고, 독특한 생각과 유별난 행동이 무리에서 돌출되지 않도록 구겨 넣고, 허리띠와 아랫배 사이 좁은 틈으로, 빳빳하고 뾰족한 와이셔츠 밑단을 계속해서 구겨 넣는 거야. 정말 숨 막히는 일이야.

나이가 들면 어느 순간, 짠하고 진짜 어른이 될 줄 알았어. 영화에 나오는 지질한 주인공이 변신하듯, 한 바퀴 쫙 돌고 나면 근사한 슈퍼히어로가 되듯 말이지. 하지만 그게 아니더라고. 어느새 나이는 들어가는데 아직 어른이 되지는 못했어. 떨고 있으면서도 어른인 척하고 살아가는 것뿐이지. 냉혹한 현실에 상처받지 않도록 나를 보호해야 하니까.

알아, 나도. 마냥 아이처럼 지낼 수만은 없다는 것. 그냥 언제까지 이런 생활이 계속될지 모르겠어. 이건 진짜 하기 싫은 생각인데, 어쩌면 이게 끝이 아닐까? 하나도 근사하지 않아. 어른이 된다는 것….

사진 찍는 바타르

바타르는 사파리를 하는 동안 지프를 운전하고 동물들에 대해 이것저것 설명해주던 가이드이다. 바타르는 내가 이 사파리를 하는 동안 사파리에서 가장 인기 있는 다섯 마리 동물들인 사자, 코끼리, 코뿔소, 표범, 버팔로를 뜻하는 '빅 파이브'를 전부 봤으면 좋겠다고 말했다.

다행히 첫날부터 버팔로와 코끼리를 보았고, 그다음에는 코뿔소와 사자, 마지막으로 표범만 남겨둔 상황이 왔다. 표범은 주로 큰 바위나 나무 위에 올라가서 생활하기 때문에 쉽게 보지 못하는 동물이다. 며칠 동안 세렝게티를 한참 달려도 표범이 보이지 않아 결국 빅 파이브를 다 보지 못하는 건가 생각했지만 바타르는 세렝게티 이곳저곳을 뒤져 결국 표범을 찾아냈다.

표범을 찾은 것에 환호하며 연신 카메라 셔터를 눌러댔다. 그런데 옆에 있던 바타르도 지프의 시동을 끄고 좌석 위로 올라가 표범의 사진을 찍기 시작하는 것이 아닌가? 심지어 한국에서는 10년 전에나 썼을 법한 구식 핸드폰으로 말이다. 그 모습이 특이하다는 생각이 들었다. 세렝게티 가이드가 동물 사진을 찍고 있다니, 심지어 내게 이런 말까지 했다.

"그거 비싼 카메라지? 혹시 나중에 네가 찍은 사진들 보내줄 수 있어?"

기분이 살짝 상했다. 그래도 나는 고객이고 거금을 들여 이 사파리를 하고 있는데, 대신 사진을 찍어주지는 못할망정 내가 찍은 사진들을 보내달라니.

"바타르, 너는 표범을 자주 봤잖아. 그다지 신기하지 않을 것 같은데 말이야."

"성호, 너네 나라에서는 가장 흔한 동물이 뭐야?"

"음, 아마 강아지나 고양이겠지? 한국에서는 가장 많이 기르는 동물이니까."

"너는 강아지나 고양이 사진 찍어본 적 없어? 나는 어렸을 때부터 항상 표범이나 사자, 코끼리, 기린을 보며 살아왔지만 아직도 이 동물들이 움직이는 모습이 너무도 멋지고 신비로워."

그 말을 들으니 더 이상 바타르가 세렝게티 가이드로 보이지 않았다. 그저 나와 같은 나이의 청년, 바타르로 느껴졌다. 동물을 좋아하는 평범한 청년 바타르. 그러고 나자, 우리의 사파리는 네 배쯤 더 즐거워졌다.

한국에 돌아오고 나서 세렝게티에서 찍었던 동물 사진들을 전부 바타르에게 보내주었다. 그리고 한 달쯤 뒤에 답장이 왔다.

"고마워, 친구."

늦게나마 이런 생각을 했다. 만약 바타르가 그때 그 대답을 해주지 않았다면 친구가 될 수 있었을까? 그저 유별난 세렝게티 가이드와 쌀쌀맞은 한국인 고객 정도의 관계로 끝났겠지.

세렝게티의 밤

밤이 찾아오면 큰 나무를 찾아가 1인용 텐트를 설치했다. 같이 온 아프리카 친구들은 차에서 자기로 했다. 세렝게티에서 빛이라고는 오직 태양에서 뿜어져 나오는 빛밖에 없었기 때문에 어둠은 급속도로 찾아왔다. 나는 텐트 속에 깔린 침낭 속에 들어가 가만히 세렝게티의 밤을 맞았다.

아무것도 보이지 않는 칠흑 같은 어둠 속으로, 낮에는 느껴지지 않았던 성난 밤바람이 몰려와 텐트를 쳐대기 시작했다. 마치 누군가 텐트를 부여잡고 미친 듯이 흔들어대는 듯했다. 그리고 멀리서 짐승들의 울부짖는 소리가 들려왔다. 그 소리가 얼마나 생생하게 들리는지, 짐승의 숨찬 호흡마저 그대로 느껴지는 듯했다. 겁이 날 법도 했지만 이미 나는 야생의 한가운데에서 벅찬 감동으

로 깊게 물들어버렸다.

쉽게 잠이 오지 않았다. 조용히 불을 켜고 글을 썼다. 처음에는 그저 장난스러운 생각이었다. 아프리카 세렝게티에서 텐트 치고 자는 것. 하지만 상상만 했던 그 일이 실제로 이루어지고 있었다. 그러다 문득 이런 생각이 들었다. 내가 할 수 있는 일과 나의 가능성은 사실 엄청나게 클 수도 있겠다는 생각, 어쩌면 내가 앞으로 생각지도 못했던 어마어마한 일을 해낼 수도 있을 것 같다는 생각.

더 이상 아무것도 두렵지 않았다. 이제껏 남들이 비웃을까 두려워 갖지 못했던 새로운 꿈을 꾸고 싶어졌다. 내가 늘 꿈이라고 외쳤던 것들은, 사실은 내가 받아들일 수 없는 꿈이었는지도 모른다. 내 꿈은 내가 아닌 것으로 오염되었기 때문이다.

내 안에 나답지 않은 모습들이 많다. 사실 그것을 알면서도 그렇게 살아가고 있었다. 사람들이 나의 모습을 어떻게 볼지 두려워 꽁꽁 숨겼고, 사람들이 좋아하는 모습처럼 되려고 노력했다. 때로는 이런 나의 모습이 거짓처럼 느껴지기도 했다. 억지스러운 표정과 공감하는 척하는 말투, 착하고 좋은 사람으로 보이기 위한 연기. 왜 그렇게 다른 사람의 눈을 의식하고 살았을까. 나답게 살자고 스스로 외쳤건만 변하지 않았다. 타인의 칭찬과 조언, 비판,

비난, 매일 보고 듣는 대중매체가 만들어낸 허상의 이질적인 기운들이 내 안에 가득 차 있었다. 이 기운들은 매 선택의 순간, 나를 찾아와 속삭였다. 내가 해야 될 것과 해서 좋을 것, 하면 안 될 것과 해서 좋을 게 없는 것. 그 속삭임은 점점 내 모습과 가능성을 가두었고 언젠가부터 내가 가질 수 있는 꿈마저 한정시켰다.

여태껏 내가 성공이나 행복이라고 믿고 있었던 것들조차, 어쩌면 그 기운들이 만들어낸 남의 것이 아닐까. 힘들게 노력해서 그 성공과 행복의 조건들을 모두 만족시킨다 해도 어차피 그것들은 내가 만든 것이 아니기에 얻지 못할 수도 있는 것이 아닐까. 그토록 원하던 것들을 향해 달려와 이루었음에도 불구하고, 행복하지 않았던 그때의 나처럼.

되돌릴 방법은 오직 하나뿐이었다. 나는 내 안의 부자연스럽고 이질적인 모든 것들을 하나씩 비워내야 한다. 그리고 그 빈자리를 조금씩 나다운 것으로 채워 넣고, 서서히 온전한 나를 되찾아가야 한다. 내게 성공이 무엇인지, 행복이 무엇인지, 꿈이 무엇인지, 지금껏 가지고 있었던 생각들을 모두 잊고 내가 느끼는 마음 그대로 다시 정의해야만 한다.

세렝게티의 밤, 지구상 가장 고요한 곳. 그곳엔 오직 바람과 짐승 소리, 투박한 나의 숨소리만이 있었다. 온몸에서 내 것이 아닌 기운들이 하나씩 씻겨나갔다. 그 순간을 잊을 수 없다. 드디어 나의 진짜 영혼이 미세하게나마 숨 쉬기 시작했다.

혼자가 아닌 나

사바나의 아침이 찾아오고 곳곳에 숨어 있던 기린들이 하나둘 고개를 들어 아름다운 일출에 실루엣을 더했다. 양치질을 하기 위해 텐트 지퍼를 열고 바깥으로 나오자 주변을 돌아다니던 몽구스들이 깜짝 놀라 달아났다. 도망가면서도 한 마리씩 고개를 돌려 내 상태를 살폈다. 시리얼로 간단히 아침을 먹고 또 다시 거대한 지프에 올라탔다. 어김없이 좌석을 밟고 올라서서 이어폰을 귀에 꽂았다. 한껏 분위기를 내기 위해 볼륨을 최대로 올리고 마룬5의 '애니멀스Animals'를 틀었다.

홀로 세렝게티에 왔다. 하지만 이곳에 있는 동안 살면서 마주쳤던 모든 사람들을 떠올렸다. 홀로 떠나왔기 때문에 가능한 일이었다. 내 머릿속은 내가 아끼는 모든 사람들, 나로 인해 상처받은 사람들, 나에게 상처를 준 사람들, 그리고 한때는 친했지만 시간이 흐르면서 서로에게 소홀해진 사람들에 대한 생각들로 가득 차 있었다.

살면서 많은 인연들을 포기했다. 기쁨은 나누면 배가 되고 슬픔은 나누면 반이 된다고 했지만 사람의 관계가 늘 그렇게 아름답지만은 않은 것 같았다. 기쁨을 나누면 시기와 질투가 되어 날 미워하게 만들 수도 있는 것이고, 슬픔을 나누면 약점이 되어 내게 상처를 줄 수 있는 것이니까. 나는 사람과의 관계에 유독 집착하는 사람이었지만, 나를 힘들게 만드는 인연들은 지속하고 싶지 않았다.

어려서부터 남에게 인정받는 것을 좋아했다. 아니, 인정받지 못하면 억울해서 참을 수가 없었다. 어릴 때는 쉬웠다. 그저 받아쓰기 백점만 받아와도 잘했다고 칭찬해주는 사람들뿐이었다. 하지만 점점 나이가 들어갈수록, 받아쓰기 백점보다 훨씬 힘들고 어려운 것들을 해냈음에도 진심으로 축하해주는 사람을 쉽게 찾아보기 어려워졌다. 그래서 나는 대부분의 사람들이 남을 인정하지 못하는 열등감에 가득 찬 바보들이라 생각했다. 그런 사람들과의 관계는 지속하지 않는 것이 내게 도움이 되는 일이라 생각했다.

그런데 점점 더 나는 외로워졌다. 그리고 나와 가장 가까웠던 사람들마저 내게서 멀어지고 있다는 것을 느꼈을 때, 내가 잘못 생각하고 있다는 것을 깨달았다. 열등감에 빠져 있었던 것은 그들이 아니라 인정받고 싶어 했던 나 자신이었다. 생각해보면 사람과의 관계에서 너무 많은 것을 바라왔다. 내 삶에서 부족한 것들을 그들이 채워주길 원했다. 하지만 사람들은 내가 대단한 것을 해냈기 때문에 나를 응원해준 것이 아니라, 내가 그들에게 힘이 되는 존재였기 때문에 잘되기를 바랐던 것이란 생각이 들었다.

사람 사이의 관계는 온전히 서로에 대한 생각과 감정만으로 만들어지는 것이 아니었다. 내가 삶에서 부족한 것을 관계에서 채우려 했듯이, 우리가 만드는 모든 관계와 그 속에서 생기는 불협화음은 서로의 개인적인 상황과도 연결되어 있었다. 한쪽의 삶이 행복하지 않다면, 그것이 나와 관련 없는 일일지라도 나와의 관계 또한 좋아지기 어려운 것이었다. 그러니 내가 행복해지기 위해서는 주변 사람들이 행복해질 수 있도록 도와야 한다고 생각했다. 이미 내 삶에는 다른 사람들과의 관계가 깊숙하게 뿌리 박혀 있었으니까.

나는 나를 가장 힘들게 하는 것이 사람임을 알고 있으면서도, 결국 나를 살아가고 싶게 만드는 것도 사람이란 것을 인정하기로 했다.

홀로 있는 시간이 늘 그러하듯, 종종 견딜 수 없는 슬픔이 몰려왔다. 지금 보고 있는 이 감동적인 장면들과 온몸으로 겪고 있는 엄청난 경험들, 이 모든 것을 그들과 함께할 수 있다면 얼마나 좋을까. 우리가 중요한 것이라 믿었던 대부분의 것이 얼마나 부질없는 것들이었는지, 놓치고 살았던 사소한 것이 얼마나 소중한 것들이었는지, 모든 것을 무릎 꿇게 만드는 거대하고 순수한 자연 앞에 솔직히 이야기해볼 수 있었을 텐데….

아주 오랜 시간이 흐른 뒤에도 지금의 경험을 함께 회상할 수 있다면 얼마나 좋을까. 함께 떠올릴 사람이 없다면 언젠가는 서서히 잊혀져버릴 테니까. 내 머릿속에서 흘려보낸 순간들을 대신 기억해줄 사람이 있다는 것은 큰 행복이다.

나는 하이에나가 좋아

"세렝게티에서 가장 좋아하는 동물은 하이에나."

이런 말을 하면 사람들이 의아해한다. 아름다운 자태를 가진 기린도 아니고, 멋진 갈기를 휘날리는 용맹한 사자도 아니고, 모두가 탐내는 멋진 뿔을 가진 코뿔소나 버팔로도 아니고, 독특하고 매력적인 무늬를 가진 표범과 치타도 아닌, 왜 하필 남들이 사냥한 동물 찌꺼기나 주워 먹고 다니는 하이에나인가.

내가 하이에나를 좋아하는 이유를 설명해본다. 하이에나의 눈은 왠지 모를 슬픔을 가지고 있으며, 살짝 굽어 있는 등은 애처로움을 느끼게 하고, 전체적으로 풍기는 이미지가 선하기 때문이다. 물론 이런 이유를 가지고 설명이 되지는 않는다. 나는 그냥 하이에나가 좋다고 느낄 뿐이니까.

사람의 감정은 객관적인 조건에 따라 결정되는 것이 아니다. 그래서 남에게 "이건 이래서 좋은 거고, 이건 이래서 아름다운 거야"라는 말은 참 의미 없게 느껴진다.

나는 디자인을 공부했지만 이런 말은 참 듣기 싫었다. "네가 잘 몰라서 그러는 거 같은데, 디자인을 전공한 입장에서 이건 예쁘지 않아." 물론 학문적인 관점에서 좋은 디자인은 있다. 디자인은 기능적인 목적을 실현하는 데에 의미가 있기 때문에 다수의 보편적인 기호를 따라갈 수밖에 없다. 하지만 남이 예뻐하거나 좋아하는 것에 대해서 옳지 않다고 말하는 것은 그 사람의 정체성과 감정을 인정하지 않는 행동이다. 누가 무엇을 예뻐하든 누가 무엇을 좋아하든 다른 사람이 판단할 문제는 아니다.

좋아하는 사람의 "내가 어디가 예뻐? 내가 왜 좋아?" 하는 질문에 답하기는 참 어렵다. 처음에는 특정한 조건 때문에 마음이 끌릴지 몰라도, 결국에는 왜 예쁜지 모르겠지만 그냥 예뻐 보이고, 왜 좋은지 모르겠지만 그냥 좋아하게 되는 게 사람이니까. 좋아하는데 이것저것 따져야 할 게 많다면 머리 아프니까. 그러니 좋아하는 것이 그 자체로 좋아하는 이유가 되었으면 한다.

굳이 왜

세렝게티에 가겠다고 말했을 때, 사람들은 이렇게 말했다.

"굳이 왜 거길 가려고 하는 거야?"

그 말에, 사실 조금은 흔들렸다. 어쩌면 아주 많이 흔들렸는지도 모른다. 혼자서 그 많은 위험을 감수하면서까지, 힘들게 번 큰돈을 들여가면서까지, 굳이 세렝게티에 갈 필요가 있는 걸까, 하고.

그런데 덜컹거리는 낡은 지프를 타고 세렝게티 사바나의 한복판을 질주하는 순간, 나는 이곳에 꼭 와야만 했다는 생각이 들었다.

나도 원래 너와 같았다. 어떤 일을 해야겠다는 생각이 들거나 어떤 일이 하고 싶다고 느꼈을 때, 내가 그 일을 해야 하는 정당한 이유를 찾으려 했다. 사소한 일 하나하나에도 그 일이 내게 어떤 이득이 될지 생각하고는 했다. 그래서 매일매일이 고민의 연

속이었고, 그 고민들은 하면 할수록 점점 크게 불어나 때때로 감당할 수 없는 지독한 불안감을 가져왔다.

그래, 솔직히 세렝게티가 현실적으로 내게 어떤 도움을 줄 수 있을지는 여전히 알지 못한다. 어쩌면 돈 낭비, 시간 낭비로 보여질지도 모른다. 하지만 너도 내 앞에 있는 장면들을 볼 수 있었으면 좋겠다. 전혀 빨리 달릴 수 있을 것처럼 보이지 않는 타조의 가녀린 다리, 토실토실 귀엽게만 느껴지는 얼룩말의 큼직한 엉덩이, 하이에나의 눈을 피해 날카로운 이빨로 가젤의 여린 목을 문 채 나무 위로 올라가는 표범, 더러운 몸을 보여주기 부끄러워 간신히 눈만 물 밖으로 내밀고 있는 하마들, 뜨거운 석양으로 붉게 불타오르는 사바나의 일몰….

그렇게 되면 너도 알게 될지도 모른다. 세렝게티에 오는 데에는 아무 이유도 필요하지 않다는 것을. 때로는 우리 인생에 전혀 도움 될 것 같지 않은 일들이 우리 인생을 완전히 바꿔버릴 수도 있다는 것을.

아 참, 킬리만자로의 눈이 녹고 있다는 말을 들었다. 언제 다 녹아 없어질지 굳이 찾아보지는 않겠지만, 눈이 다 녹기 전에 어서 그곳으로 가고 싶다.

바오밥나무

수명이 5000년에 달한다는 바오밥나무. 바오밥나무는 그 무시무시한 크기와 독특한 모습 때문에 여러 가지 이야기를 가지고 있다.

수다쟁이로 유명했던 바오밥나무가 너무 시끄러워서, 신이 뿌리째 뽑아 머리부터 거꾸로 심어버렸다는 이야기, 바오밥나무 가지에 걸려 넘어진 악마가 화가 나서 거꾸로 세워버렸다는 이야기…. 심지어 어린 왕자는 행성에 있는 바오밥나무 씨를 모두 없애버리려고 했다. 이 악마의 나무가 무럭무럭 자라 행성을 산산조각 내는 것을 막기 위해서.

바오밥나무가 불쌍하다는 생각을 했다. 내게는 바오밥나무가 멋지고 대단해 보였기 때문이다. 어쩌면 바오밥나무는 지구상에서 가장 필사적으로 살아가는 식물일지도 모른다. 뜨겁고 황폐한 땅에 발붙이고 살면서도 더 많은 빛을 받기 위해 사방으로 가지들을 뻗어내고, 더 많은 수분을 얻기 위해 땅 속 깊이 줄기를 밀어 넣고, 그런 필사의 노력을 해왔기 때문에 수백, 수천 년을 버틸 수 있는 게 아니겠는가. 그러니 "독한 놈" "애 쓴다" "오버하네" 같은 말들로 바오밥나무의 살아남기 위한 투쟁과 노력을 평가 절하하는 사람들은 부끄러워할 필요가 있다.

세계 일주를 하고 있다고 하니 누군가 나보고 대단한 사람이라고 했다. 하지만 내가 떠나온 한국에는 나보다 더 대단한 친구들이 있다. 마치 바오밥나무 같은 친구들이다. 휴학 한 번 하지 않고 꿋꿋이 공부하는 친구들, 면접에서 수십 번 떨어져도 계속해서 다시 이력서를 고치는 친구들, 바늘구멍에 들어가기 위해 세상과 담쌓고 지내는 고시생 친구들, 학비에 보태기 위해 매일같이 아르바이트를 하고 있는 친구들… 끝이 없다. 세상에 이렇게 노력하고 치열하게 살아가는 친구들이 너무나 많다. 사람의 땀내 배인 노력만큼 세상을 생기 있게 만드는 것은 없다.

그렇다면 나는 어떠한가. 차갑고 무정한 현실과 마주하는 것이 무서워 도망친 겁 많고 비겁한 어린아이일지도 모른다. 누구나 행복을 갈구하지만 모두가 행복이 무엇인지, 어떻게 행복해질 수

있는지 고민할 시간을 가질 수 있는 것은 아니다. 당장 눈앞에 놓여 있는 현실 때문에 자신의 인생이나 꿈, 행복에 대해 돌아볼 여유조차 없는 사람들이 많다.

내가 여행을 떠나고 행복에 대한 고민을 할 수 있었던 것은 부모님의 지지와 카이스트 학생이라는 안정감, 사회적 인정이 있기에 가능한 일이었다. 그러니 큰 부족함 없이 살아온 내가 남들이 쉽게 하지 못한 경험을 하고 더 큰 행복을 찾아 원하는 길을 간다는 것 자체가, 누군가에게는 회의감을 들게 할 수도 있는 일이고, 어쩌면 상대적 박탈감과 상처를 줄 수도 있는 일이다.

친구들에게 미안하다. 모두가 바쁘게 살아가는 세상 속에서 홀로 멈추어 여행하고 생각할 시간을 갖는다는 것이. 그러니 대단한 건 여행을 하는 내가 아니라, 세상과 치열한 사투를 벌이고 있는 내 친구들이다. 노력이 이들을 배신하지 않는 세상이 되었으면 좋겠다.

아름다운 잔지바르로

아프리카 택시 강도들과 영화 한 편 찍고 막 풀려났을 때였다. 내가 강도를 만난 건 단순히 우연만은 아니었다. 탄자니아에 있는 동안은 대통령 선거 기간과 겹쳐 있었기 때문에 치안이 극도로 불안정했다. 그래서 얼른 다르에스살람을 떠나 아프리카 대륙의 외곽에 있는 잔지바르 섬으로 가기로 했다.

바로 항구에 찾아가 배표를 끊기로 했다. 나와 비슷한 생각을 한 사람들이 많았는지 항구에는 긴 줄이 이어져 있었다. 다행히 외국인 줄이 따로 있었기 때문에, 나는 모두의 주목을 받으며 당당히 배표를 구매했다.

긴 밤이 지나고 다음 날 항구에 찾아갔다. 어제와는 사뭇 다른 분위기였다. 항구에는 평소보다 두 배는 많은 사람들이 모여서 웅성거리고 있었다. 선착장에 찾아가 무슨 일인지 물어보았다.

"당분간 대통령 선거 때문에 모든 배 편이 취소됐어."

"뭐? 아니, 왜! 대통령 선거랑 배랑 무슨 상관이 있다는 거야?"

생각하지도 못한 상황이었다. 어떠한 이유에서인지는 모르겠지만 대통령 선거 기간 동안 배를 운행하지 않는다는 것이었다. 얼른 이 위험한 도시를 떠나고 싶었는데 모든 배 편이 취소되다니, 갑작스런 상황에 앞길이 막막해졌다.

"잔지바르에 갈 수 있는 다른 방법은 없어?"

선착장 직원은 잠시 기다려보라고 말한 뒤, 어디론가 급히 전화를 걸었다. 이후 몇 분간 통화를 하더니 다시 이렇게 말했다.

"혹시 돈 좀 있어? 10시 30분에 잔지바르로 가는 경비행기가 하나 있어."

경비행기 표의 가격은 우리 돈으로 약 7만 원, 꽤 비싼 가격이었지만 다른 방법이 없었다. 도시에는 수많은 군인들이 탄창이 부착된 총을 들고 다니며 공포스러운 분위기를 자아냈다. 얼른 떠나야겠다는 생각뿐이었다. 오히려 문제는 시간이었다. 시계를 보니 10시 10분을 가리키고 있었다. 20분 안에 공항까지 갈 수 있냐고 물어봤더니 택시로는 힘들 것이라 했다. 그러고는 손가락으로 항구 한편에 몰려 있는 오토바이 기사들을 가리켰다. 미리 항공사에 말을 해놓을 테니 얼른 오토바이를 타고 공항으로 가라는 것이었다. 다급해진 나는 오토바이 기사를 찾아가 말을 걸었다.

"10시 30분까지 공항으로 가야 해. 지금 5000실링(2500원)을 주고, 시간 안에 도착하면 5000실링 더 줄게."

대충 훑어봐도 10년은 탔을 것 같은, 녹이 잔뜩 슬어 있는 고물 오토바이였다. 원래대로라면 이 돈의 절반으로 충분하겠지만 한시가 급한 상황이었다. 아쉬울 것 없는 오토바이 기사는 기분 좋게 내 제안을 수락했다. 숟가락으로 속만 파먹은 것 같은 부실한 헬멧을 건네받아 대충 뒤집어 썼다. 그리고 우리는 둘 다 시간 안에 도착하기를 바라며 구석구석 지름길로 달리기 시작했다. 무거움을 견디지 못하고 툴툴거리는 작은 오토바이 위 초라한 행색의 두 사내였지만, 기분만은 007작전의 하이라이트 장면을 방불케 했다. 그리고 마침내 비행기 출발 시간이 3분 정도 남았을 때 가까스로 공항에 도착했다.

하지만 007작전은 착각일 뿐이었다. 막상 상황을 보니 굳이 이렇게 급하게 오지 않았어도 됐구나, 라는 생각을 했다. 잔지바르로 향하는 경비행기의 승객은 오직 나 하나뿐이었다. 기장과 부기장을 비롯한 항공사 직원들이 나를 위해 기다리고 있었다. 나는 마치 VIP승객이 된 것마냥 그들의 에스코트를 받으며 마을버스만 한 작은 경비행기에 올라탔다.

경비행기는 낮은 고도로 아프리카 하늘을 날았다. 기장과 부기

장은 하나뿐인 승객을 위해 탄자니아와 잔지바르에 대한 여러 가지 이야기를 기내방송으로 해주었다. 그리고 창밖으로 이제껏 한 번도 본 적 없던, 세상에서 가장 아름다운 섬의 모습이 보이기 시작했다.

프레디 머큐리

잔지바르 스톤타운은 마을 전체가 벽돌로 지어진 미로이다. 벽돌집으로 둘러싸인 좁은 골목 골목에는 어떠한 이정표도 없으며, 오직 직감에만 의지해야 한다. 그래서 스톤타운을 돌아다니는 동안은 그다음에 어떤 장면이 튀어나올지 예측할 수가 없다. 무작정 걸어 다니기에 딱 좋은, 매력적인 마을이다.

한쪽 골목에서는 아이들이 시소를 타며 놀고 있다. 그리고 조금 더 깊은 곳으로 들어가보면 고기를 파는 푸줏간이 있고, 뜬금없이 길거리 이발소를 만나기도 한다. 또 한쪽 골목에서는 박물관에서나 볼 법한 구식 핸드폰들을 팔고, 어떤 골목에는 빛이 들어오는 넓은 공간이 있어 쉬고 있는 마을 주민들을 만날 수 있다.

그 날은 가려던 곳이 있었다. 한참을 돌아다닌 후에야 목적지

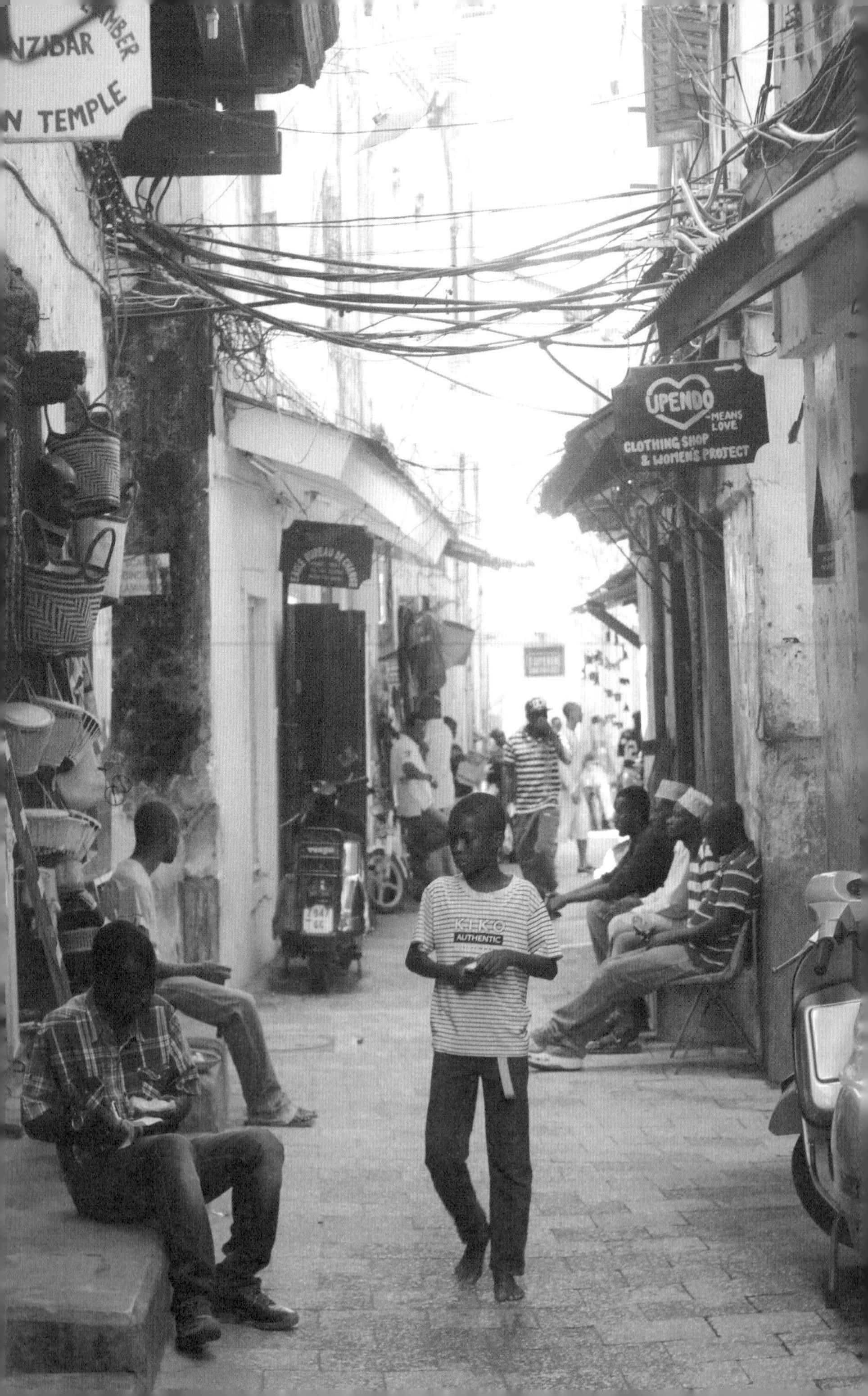
UPENDO
MEANS LOVE
CLOTHING SHOP
& WOMEN'S PROJECT
KIKO
AUTHENTIC

를 찾아냈다. 어렸을 적부터 아빠와 자주 듣던 세계적인 밴드인 퀸의 보컬, 프레디 머큐리가 태어난 집. 귓구멍 깊숙하게 이어폰 머리를 찔러넣었다. 그렇게 그가 태어난 집 앞 골목에 서서 노래를 들었다. 쌓였던 피로가 한순간에 녹아버렸다.

그의 노래를 듣던 어릴 적 내 모습이 생각났다. 더운 여름날 작은 방에 에어컨을 추울 정도로 틀고, 솜이불 속에 들어가 그의 노래를 들었다. 때로는 캐나다 몬트리올 콘서트 수만 관중 앞에서 '위 윌 락 유We Will Rock You'를 부르는 상상을 했고, 때로는 '보헤미안 랩소디Bohemian Rhapsody' 속 아빠를 총으로 쏜 불행한 소년이 되어 슬퍼지기도 했다. '바이시클 레이스Bicycle Race'를 들을 때는 이불 속에서 전속력으로 자전거를 탔고, '위 아 더 챔피언We Are the Champions'을 들을 때는 링 위의 권투 선수가 되어 강력한 훅을 날렸다. 그의 노래를 듣고 있으면 나는 뭐든지 될 수 있었다.

해 질 녘까지 그 길가에 서서 노래를 들었다. 그리고 조금 후회했다. 노래는 분명 아무것도 바뀌지 않았다. 하지만 노래가 좋다는 생각이 들었을 뿐, 더 이상 나는 그 무엇도 되지 못했다. 다시 한번 프레디 머큐리가 되고 싶었는데….

혼자 여행하는 행복

얇은 옷으로 가득한 7킬로그램 배낭, 가벼운 카메라, 삼각대, 모자, 침낭, 편한 신발, 허리에 차는 지갑, 엠피쓰리와 이어폰.

혼자 여행을 하는 동안 들고 다녔던 물건들의 목록을 적어보았다. 얼핏 보면 무언가 빠져 있는 것처럼 초라하게 느껴질 수도 있으나, 오랜 시간 고심에 고심을 거듭해 꼭 필요한 것들만 남긴 결과였다.

우선, 여행하는 동안 입을 옷가지들을 넣을 배낭이 필요하다. 옷을 고르는 기준은 첫째도 둘째도 빨래가 편해야 한다는 점이다. 혼자 여행을 하다 보면 세탁에 소홀해질 때가 많다. 그래서 주로 햇볕에 1시간이면 마를 만한 재질의 옷을 선호한다. 또한 무거운 겨울옷을 따로 챙기지는 않는다. 대신 잘 접히는 점퍼 하나를 배낭에 걸고 다니면 될 일이고, 그래도 춥다면 얇은 옷들을 네다섯 겹씩 껴입으면 될 일이다.

가벼운 카메라.

카메라가 없으면 여행하는 즐거움이 절반으로 줄어들 것이 분명하다. 카메라는 항상 목에 걸고 다녀야 찍는 일에 게을러지지 않으므로 가벼우면 가벼울수록 좋다. 또 혼자 다니다 보면 내 사진을 찍지 못해 아쉬울 때가 많으므로 삼각대가 꼭 필요하다. 더구나 삼각대는 별 사진처럼 오랜 시간을 두고 사진을 찍어야 할 때 없어서는 안 되는 물건이다.

모자.

여행자가 없는 지역을 돌아다니다 보면 신기하게 바라보는 시선 때문에 유독 신경 쓰일 때가 많다. 그래서 나는 항상 모자를 쓰고 다닌다. 모자를 쓰고 나면 군중들 사이를 자유롭게 돌아다니는 투명 인간이 된 듯한 기분이 든다. 부담 없이 사람 구경을 할 수 있는 것은 덤이다.

침낭과 편한 신발.

이 두 가지가 있어야만 언제 어디서든 끊임없이 돌아다닐 수 있다. 단, 혼자 다니는 여행자는 범죄의 표적이 되기 쉬우므로 허리에 두르는 지갑을 차고 다녀야 한다. 나는 샤워를 할 때 빼고는 잠을 잘 때도 항상 이 지갑을 차고 잤다.

엠피쓰리와 이어폰.

심심찮게 도지는 외로움 병과 지겨움 병을 효과적으로 완화시켜줄 강력한 진통제이다. 또 가끔은 감정과 상상력의 증폭제가 되어 여행에 한층 몰입할 수 있게 해주었다. 인도양의 배를 타는 동안 영화 〈캐리비안의 해적〉의 배경음악인 '히즈 어 파이러트He's a Pirate'를 들었고, 농장에 홀로 지내는 동안은 에이콘Akon의 '론리Lonely'를 들었으며, 방콕에 도착해 네온사인 가득한 거리를 걸으며 오렌지카라멜의 '방콕 시티'를 들었다.

여기까지가 혼자 여행을 할 때 나에게 꼭 필요한 것들이다. 설령 누군가 이 목록들을 보고 부족함을 느낄지라도 신경 쓰지 않는다. 이것은 나 혼자 하는 여행이기 때문이다. 내 스스로가 이 기준을 만족한다면, 그것으로 끝난 일이다.

모든 것이 내 마음대로다. 마을 광장에서 밤새 축제가 열린다 해도, 내 기분이 싱숭생숭하면 가지 않을 것이다. 육교 위에서 목청껏 노래 부르는 촌스러운 가수의 음악이 마음에 들면, 1시간이고 2시간이고 그 옆에 앉아 멍하니 시간을 보낼 것이다. 버스를 타고 가다 내릴 곳을 지나친다면, 그냥 차창 밖을 쳐다보는 일이 지겨워질 때쯤에야 천천히 내릴 것이다. 말이 통하지 않는 마을의 음식점에 들어가게 된다면, 음식을 주문하기 위해 손짓 발짓

할 것이다. 평소에는 쉽게 하지 못할 내 마음대로 말이다.

혼자 여행하는 시간은 바로 이런 시간이다. 때로는 외로웠지만 나는 혼자 하는 여행이 행복했다. 참으로 나다운 시간이고 나답게 보내는 시간. 문 밖에 펼쳐져 있는 모든 것들을 내 눈으로 바라보고 내 머리로 이해하는 시간. 한동안 잊고 살았던 내 인생의 주체가 나 자신임을 확인하는 시간이었으며 세상의 시선과 평가에 물들지 않은 나의 모습을 찾아가는 시간이었다.

이따금씩 견딜 수 없는 외로움이 찾아와도 버텨내야만 한다. 세상으로부터 주입된 생각들을 비우고 오직 내 마음속에서 우러나오는 생각만으로 나를 가득 채우는 외로움. 이 건강한 고독은 외부의 것들이 내 자아에 남기고 간 크고 작은 균열들을 조금씩 메워주었다.

참 신기한 일이었다. 혼자 하는 여행이 행복해질수록, 함께하는 여행도 행복해졌다. 나다운 나를 알아갈수록, 남을 알아갈 수 있게 되었다.

천국이 그곳에 있었다

천국이 있다면 잔지바르의 능위 마을처럼 생겼을 것이다. 오색빛을 내뿜는 보석처럼 아름다운 바다. 그 앞으로 펼쳐진 눈부신 백사장과 평온한 모습의 소들, 그리고 너무도 아이답게 뛰어노는 아이들의 모습. 잔지바르의 바다를 보고 있으면 이 세상의 아름다움을 넘어선 것 같다는 느낌이 들었다. 하루 종일 백사장에 앉아 있어도 그 모습이 가져다주는 감동을 전부 담을 수가 없다.

흰색 벽돌로만 지어진 백색 마을도 얼마나 아름다운지. 항상 웃음 짓고 있는 마을 사람들은 다들 친절하며 아이들은 부끄러움이 많고 순수하다. 경쟁, 시기, 질투, 비방, 이기심, 거짓말. 이곳에는 이러한 뾰족한 말들이 존재하지 않을 것만 같은 느낌이다.

그 그림 같은 풍경 속으로 들어가 홀로 '킬리만자로' 맥주를 마셨다. 아프리카에 도착하고부터 겪었던 모든 일들이 신기했다. 이곳은 내가 살아온 세상과는 전혀 다른 모습을 하고 있었다. 피부색이 다르고 문화가 달랐으며, 전자기기와는 익숙하지 않은 일상의 풍경이 달랐다. 또 '잠보' '니나쿠펜다' 같은 신기한 언어들로 대화를 나누었으며, 컴퓨터 게임을 하며 자랐던 나와는 달리 이곳의 아이들은 바닷가에서 나무창을 던지며 놀고 있었다.

아프리카에 오기를 잘했다는 생각이 들었다. 내가 살았던 세계와는 전혀 다른 인간의 삶을 볼 수 있는 기회였다. 이들과 나는 삶의 형태만 조금 달랐을 뿐 행복을 추구하는 삶의 본질에는 차이가 없었다. 생존을 가능케 하는 음식들을 먹었고 구성원 간에 의사 소통이 가능한 언어를 사용했으며 서로 간의 약속으로 정립된 생활 방식을 갖고 살아가고 있었다. 한편으로는 열악한 환경 속에서 웃음과 여유를 잃지 않고 살아가는 이들이 존경스러울 정도였다. 온갖 인류 문명의 혜택을 모두 누리고 살아왔던 나는, 왜 인생의 작은 걸림돌조차 쉽게 넘지 못하고 스트레스를 받으며 살아왔던 것일까.

책을 읽는 것과, 영화를 보는 것, 다양한 사람들을 만나는 것, 그리고 여행을 하는 것을 좋아한다. 방법은 다르지만 바라는 것은 똑같다. 내가 살아보지 못한 다른 삶을 경험해보기 위해 그리고 그 안에서만 느낄 수 있는 감정과 생각을 느껴보기 위해서다. 어쩌면 경험을 통해 삶의 시야를 넓힐 수 있다는 것은 인간만이 누릴 수 있는 축복인지도 모른다. 시야가 넓어지면 넓어질수록 내 생각과 삶은 더욱 풍부해지고 견고해진다. 한국에 돌아가더라도 아프리카 사람들의 이 말을 잊지 말아야지.

"하쿠나 마타타, 다 잘될 거야."

천국의 바다에 서서히 노을이 내려앉았다. 오색찬란한 바다는 순식간에 황금빛 불길로 뒤덮였다. 그리고 그 영롱한 장면은 들고 있던 카메라마저 손에서 내려놓게 만들었다. 사진으로 담기에는 너무도 아까운 아름다움이었다. 훗날 아내가 생기면 꼭 다시 찾아와야겠다. 최고의 아름다움을 함께 바라보는 것만큼 삶에서 최고로 아름다운 장면이 또 있을까.

큰일이다. 꼭 다시 와야 할 곳이 점점 많아져서.

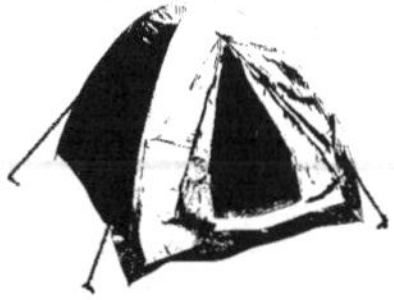

PART 4

오래도록 기억될 순간

아프리카를 떠난 비행기

문명의 혜택과는 먼 아프리카 대륙을 떠난 비행기는 그와 정반대인 아랍에미리트 두바이에 도착했다. 두바이, 고온 건조한 사막기후를 가진 아라비아 만에 세워진 중동 최대의 무역 도시. 바깥 온도는 40도를 넘어섰지만 더위를 느낄 일은 없었다. 오히려 세찬 에어컨 바람에 외투를 걸치고 다녀야만 했다. 공항에서부터 도시 중심의 쇼핑센터로 향하는 모든 길이 현대적인 건축물로 이어져 있었으니까.

세계에서 가장 높은 빌딩인 부르즈 할리파를 바라보며 감탄했다. 그 높이가 63빌딩의 세 배가 훨씬 넘으니, 그저 쳐다만 봐도 하늘이 빙빙 돌고 뒷목이 아플 지경이었다. 어떻게 황량한 사막 한복판에 저런 괴물 같은 빌딩을 세웠을까. 바라만 봐도 입이 다

물어지지 않았다.

핸드폰으로 두바이에 대해 검색해보았다. 두바이 시내 주요 쇼핑몰 위치부터 꼭 가봐야 할 명소들, 온갖 음식점 메뉴판들, 심지어 화장실 위치와 와이파이 비밀번호까지. 두바이의 모든 것이 인터넷 속에 그대로 담겨 있었다. 아프리카에서는 꿈도 못 꿨던 일이라 도통 적응이 되지 않았다. 편리했지만 머릿속은 오히려 더 복잡해졌다. 선택해야 하는 게 많아졌고, 고민해야 할 것도 많아졌다. 한 가지를 골라도 다른 것에 대한 미련이 남았다. 남들이 먹어본 음식을 먹어보지 못한 것과 남들이 가본 장소에 가보지 못했다는 것에 아쉬움이 남았다. 정보가 많다는 건 고민할 거리도 많아진다는 뜻이다.

문득 모든 게 단순했던 아프리카가 그리웠다. 밖에 나가 있으면 지금이 몇 시인지도 모르고 흠뻑 몰입해 있던 그때, 사람들이 해주는 이야기에 큰 걸림돌 없이 울고 웃고 감동하던 그때. 물론 지금의 나는 이 편리함을 즐기고 있지만 그냥 조금 아쉬웠다. 핸드폰만 켜면 볼 수 있는 온갖 자극적인 소식들이 내 모든 감정을 점점 무뎌지게 만드는 것 같았다.

두바이에 있는 동안 사람들과 같은 장소에 있으면서도 저마다 다른 세계에 있는 기분이 들었다. 먼지 하나 없이 닦여진 PVC타일이 아프리카의 붉은 토양보다 삭막하게 느껴졌다. 아프리카보다 수천 배는 더 많은 여행자들을 지나쳤지만 누구하고도 대화를 나눌 일은 생기지 않았다.

궁금한 게 생겨도 모든 대답이 인터넷에 있었기 때문에 단지 한손에 핸드폰만 들고 있으면 될 일이었다. 하루 종일 핸드폰을 들고 있는 손끝이 저려왔다.

AM ENDE DES TAGES
ZÄHLT DAS BESTE
GESCHÄFT.
Dank HRS Business Tarif bis zu 30% sparen.
Jetzt auch per HRS App.
App Store
Google play
HRS
Das Hotelportal
HRS.de
HRS
Das Hotelportal
ÄTEN
& Hahn
ooks
ews
Drinks
Obst

마음의 바람개비

세계 일주의 네 번째 대륙인 유럽, 그중에서 독일 프랑크푸르트로 왔다.

도착하자마자 이곳의 명소인 뢰머 광장에도 가보았고 유럽중앙은행의 상징물 앞에서 사진도 찍었다. 하지만 참 이상하게도 언제부터인지 여행에서 가장 중요한 설렘이 사라졌다.

모든 게 즐겁지가 않은 걸 보니 아마도 여행 권태기가 찾아온 듯했다. 아무리 유명한 곳에 가도 시시하고 무의미하게만 느껴졌고 호기심이 들어서 찾아가는 게 아니라 유명하다고 하니 가보는 기분이 들었다. 여전히 수첩에는 인터넷에서 찾아놓은 '유럽에서 꼭 가야 할 곳 리스트'가 길게 적혀 있었다. 웃긴 일이었다. 일상에서도 그렇게 미루던 '해야 할 일'들을 여행 와서 숙제처럼 떠안고 있었으니 말이다. '지금 내가 뭐하고 있는 것일까' 의문이 들었다.

마음속에 바람개비 하나를 지니고 있는 듯했다. 한동안 그 바람개비를 세차게 돌리고 싶어 이곳저곳으로 뛰어다녔다. 바닷바람이 부는 해변가를 찾아갔고, 때론 높은 언덕 위에 서 있기도 했다. 이제 바람개비도 지쳤는지 아무리 열심히 뛰어도 바람개비는 돌지 않았다. 아마도 아프리카에서 너무 많은 에너지를 소비한 듯했다.

바람개비가 멈춰버린 내게 더 이상 새로운 의욕은 생기지 않았다. 조금 더 솔직해지기로 했다. 나는 더 이상 이곳에 흥미를 느끼지 못했다. 길게 적어놓았던, 해야 할 것들의 페이지를 찢어 쓰레기통에 던져버렸다. 그리고 문득 브라질의 리우 예수상이 보고 싶어졌다. 해야 할 것 말고, 하고 싶은 것을 따르기로 했다. 항공사에 전화를 걸어 남미로 향하는 비행기 일정을 앞당겼다.

사람의 마음이 참 약하다. 내 주변을 채우는 모든 것들로부터 영향을 받는다. 안개가 잔뜩 낀 흐린 날씨와 거리를 가득 메운 가족, 친구, 연인 사이의 관광객들. 그리고 그 사이에서 홀로 배낭을 메고 배회하는 나. 나를 둘러싼 모든 것들이 내 기분을 울적하게 만들고 있었다. 그저 호프집에서 독일 맥주와 소시지를 실컷

즐기는 게 나을 것 같았다.

하루 종일 호프집 테라스에 앉아 맥주를 마시며 지나가는 사람들을 구경했다.

어느 때처럼 넋 놓고 홀로 맥주를 세 잔쯤 마셨던 날이었다. 술기운이 올라오자 서서히 머리가 돌기 시작했다. 어느 순간이었을까. 마음속 바람개비도 서서히 돌기 시작했다.

아, 그렇구나. 때로는 바람이 내게 불어오길 가만히 기다려야 하는구나.

리우 예수상

브라질 리우데자네이루의 가장 높은 곳에 있는 거대 예수상은 항상 구름에 가려 그 모습을 쉽게 보여주지 않았다. 첫날은 비가 와서 전혀 보이지 않았고, 둘째 날은 예수상의 허리까지만 간신히 보일 정도였다. 하지만 예수상의 전부를 꼭 봐야 했기에 세 번을 다시 찾아갔다. 리우의 예수상은 아빠가 가장 보고 싶어 하는 것이었기 때문이다. 그래서 나는 아빠 대신 그 모습을 보고 싶었다. 그리고 한국에 돌아가면 내 두 눈으로 직접 본 예수상을 천천히 이야기해주고 싶었다.

리우데자네이루의 마지막 날, 아주 잠시였지만 아름다운 항구를 향해 두 팔 벌리고 있는 예수상의 웅장한 모습을 보았다. 아빠의 핸드폰 배경화면에 있던 사진과 똑같은 모습이었다. 아빠는

이게 왜 그렇게 보고 싶으셨던 것일까.

우리 가족은 답답한 것을 참지 못한다. 아빠는 뚜껑 있는 차를 답답해하신다. 그래서 그런지 한겨울 추운 날씨에도 무거운 오토바이를 끌고 나가신다. 또 모두가 잠든 한밤중에 엠피쓰리를 들으며 자전거 타는 것을 좋아하신다. 그러면서 자주 젊은 시절, 중동의 사막에서 낙타를 타고 다녔던 옛날을 그리워하신다. 아빠의 오래된 물건에는 청춘을 찬양하고 자유를 갈망하는 시가 자주 붙어 있었다. 엄마는 주말마다 사람들이 없는 깊은 산속이나 바다에 가는 것을 좋아하신다. 시골 바닷가 마을에서 바지락 캐며 자랐던 엄마는 사방이 꽉 막힌 도시가 답답한 건지도 모른다. 언젠가 캠핑카를 타고 전국의 산과 바다를 돌아다니는 것이 엄마의 꿈이다. 그래서 나는 자유를 갈망하는 나의 성격이 어디서 튀어나왔는지 의문을 품은 적이 없다.

또 독특한 것을 좋아하는 취향도 비슷하다. 가족 네 식구 중에서 아빠, 누나, 나, 세 명이나 디자인을 전공한 것은 그 영향일지도 모른다. 아마 누군가 우리 집에 오게 되면 입구에서부터 깜짝 놀랄 것이다. 거실 천장에는 거대한 군함 몇 척과 불을 뿜고 있는 용이 날아다니고, 부엌 한쪽에는 공룡과 킹콩이 싸우고 있으며, 때때로 집 안 구석에 텐트가 있기도 하고, 놀이터에 있어야 할 목마가 거실 한복판에 있을 때도 있다. 우리 집에는 이런 장면이 한

백 개쯤 있다고 보면 된다.

엄마는 1년간 여행을 하고 돌아오겠다는 내 결정에 반대하셨다. 부모의 입장에서는 내가 안정되고 평범한 길을 갔으면 하는 바람이셨을 것이다. 그래서 어쩌면, 내가 이러한 자신들의 성격을 닮지 않았으면 하고 생각하셨을지도 모른다.

반대하는 엄마를 설득하는 과정에서 내가 이런 질문을 했다.

"만약 내가 아니라 내 나이의 엄마였으면 어떻게 할 것 같아?"

엄마는 솔직하셨다.

"…나라면 떠날 것 같아."

악마의 목구멍

브라질에서 아르헨티나로 들어가는 국경에는 원주민의 말로 '위대한 물'이라는 뜻을 지닌 이과수 폭포가 있다. 그리고 그 중심에는 가장 맹렬하고 거센 기세로 물이 떨어져내리는 '악마의 목구멍'이 있다.

마을에서부터 버스와 기차를 갈아타며 숲속 깊은 곳으로 한참을 들어갔다. 힘들게 마주한 악마의 목구멍은 그 이름만큼이나 무시무시했다. 불나방을 유혹하는 묘한 불빛처럼, 그 악랄한 폭포는 사람들로 하여금 어서 뛰어들라고 끊임없이 속삭였다. 숲 전체를 압도하는 엄청난 굉음은 고막을 마비시킬 정도였고, 그 모습은 지구라는 거대한 욕조에 구멍이 뚫려 지구상 모든 물이 빨려 들어가는 것처럼 보였다. 마치 세상의 끝을 떠오르게 만드는 곳. 파괴, 종말, 죽음, 최후…. 그런 단어들이 떠오르는 곳이었다.

악마의 목구멍을 바라보며 가방에 있는 엽서를 꺼내 들었다. 삶의 벼랑 끝에 와 있다는 착각이 들게 하는 이곳이라면 평소에 갖고 있던 솔직한 생각들을 적을 수 있을 것 같았다. 반응이 두려워 꺼내지 못한 말들, 부끄러워서 하지 못했던 말들, 머릿속에 떠오른 모든 말들을 적어 넣을 수 있을 것만 같았다.

엄마는 늘 이런 말씀을 하셨다.

"청춘이 아름답다는 건 거짓말이야. 그때만큼 고민 많고 힘든 시기가 없어."

이 말을 들을 때마다 입 밖으로 꺼내지 못하고 혼자 숨겨 놓은 말이 있다.

"안쓰러운 우리 엄마, 젊은 시절의 우리 엄마는 얼마나 힘든 시간들을 보내셨던 것일까."

외할머니는 엄마가 충남의 바닷가 근처 시골 마을에서 중학교를 마치자마자, 어린 자식들을 두고 먼저 세상을 떠나셨다. 외할머니를 본 적이 없기 때문인지 내게는 외할머니라는 단어가 어색하다. 공부를 잘했던 엄마는 학교에서 전교 회장을 할 정도로 교우 관계도 좋았지만 멀리 대전에 있는 상업고등학교에 장학금을 받고 입학해 가족과 홀로 떨어져 살아야만 했다. 엄마 밑에는 동생들이 많았기 때문이다. 모두가 함께 살기에는 형편이 좋지 않

았고, 일반고등학교에 갈 수 있는 환경도 아니었다.

시골에서 태어나고 자란 엄마는 더 큰 세상으로 가고 싶으셨나 보다. 고등학교를 졸업한 후에는 혼자 서울로 상경해 국어 학원에서 일하셨다. 대학은 4년 후에나 갈 수 있으셨다. 단칸방에서 지내며 어렵게 번 돈으로 시골에 있는 어린 동생들을 한 명씩 서울로 데려오셨다. 하지만 자녀들에게 이런 고된 생활은 물려주고 싶지 않으셨던 것 같다. 엄마는 학원을 인수하시면서 서울 강남 한복판에서 조금씩 자리를 잡으셨다. 매일 충남의 시골 마을을 그리워하면서도 절대 이곳을 떠나려 하지 않으셨다. 나를 낳기도 전 엄마의 이십대 젊은 시절 이야기이다.

엄마의 핸드폰에는 지금도 내가 '교수 아들'로 저장되어 있다. 어릴 적 나는 그 이유를 알지 못했다. 왜 그렇게 나한테 공부를 강요했는지. 왜 그렇게 공부에 한이 큰 건지. 엄마는 어린 시절 내게 사소한 일로도 화를 자주 내셨고 항상 많은 것을 바라셨다. 다행히 나는 엄마의 바람대로 잘 따라가주었으나, 성적이 잘 나와서 뿌듯하기보다 엄마의 기대를 더 높였구나 하는 부담감이 컸다. 왜 나를 이렇게 힘들게 하는 것일까. 어린 시절에는 방문을 걸어 잠그고 이불 속에 들어가 숨죽여 떨었던 기억이 많다. 생각해보면 언제부터인가 나는 엄마 앞에서 웃는 법을 잊어버렸다.

돌이켜보면 젊은 우리 엄마도 그저 모든 게 처음이었던 것이 아닐까. 자식들을 어떻게 키워야 할지 알려줄 엄마도, 힘들 때마다 도와주고 의지할 수 있는 엄마도 없었으니까. 엄마는 모든 것을 스스로 배우고 견뎌내야만 했다. 내가 이렇게 편한 길을 걸어갈 수 있도록, 인생의 얼마나 많은 것을 희생하셨던 것일까.

엄마의 핸드폰 주소록대로 내가 교수 아들이 될 수 있을지는 잘 모르겠다. 부끄럽고 죄송스럽게도, 나는 엄마가 힘들게 닦아놓은 그 길을 순순히 걸어갈 것 같지 않다. 더구나 여전히 나는 엄마 앞에서 웃는 일이 어색하다. 다만 언젠가 엄마의 힘들었던 지난 세월을 보상해드리고 싶을 뿐이다. 엄마가 그토록 바라던 당당하고 훌륭한 아들의 모습으로.

살면서 머릿속에만 맴도는 말들이 너무도 많다. 낳아주셔서 고맙다, 가르침을 주셔서 감사하다, 좋다, 예쁘다, 보고 싶다, 사랑한다….

이 거대한 '악마의 목구멍'을 우리 집 욕조에 옮겨놓고 싶었다. 칭찬과 고백, 감사의 말을 아끼고 살아가는 것은 참 바보 같은 짓이다. 그걸 알면서 매일 아끼고 살아가는 나 역시 바보 같은 놈이고….

MUSEO DE CERA
SHOW de TANGO
"CLASES"
Lun. a Dom. de 11 a 20 hs.
Cafetería-Pizzas
Empanadas-Panqueques
Tragos-Cervezas-Etc.
VEA TODOS LOS PARTIDOS
EN PANTALLA GIGANTE
1257
Banelco
PLATO del DIA
CAFETERIA
Sidra Barril
Tragos (Drink)
Helados

마음속에 새기는 인상, 탱고

단 한 번의 순간이나 모습이 죽을 때까지 모든 기억을 대신할 때가 있다. 어떠한 대상에 대하여 마음속에 새겨지는 총체적인 느낌, 우리는 그것을 인상이라고 부른다.

부에노스아이레스의 가장 오래된 레스토랑에서 핏기 가득한 스테이크를 썰어 먹으며 탱고 공연을 보았다. 멈추지 않는 치명적인 유혹의 춤과 음악. 탱고에는 거부할 수 없는 우울과 슬픔이 가득 서려 있었다. 반도네온의 연주 아래 쉴 새 없이 네 발을 움직이며 관능적인 몸동작을 선보이는 한 연인. 사람의 기분을 처지게 하는 그런 우울함이 아니었다. 힘든 현실을 이겨내고자 하는 자들의 열정적이고 강렬한 투지가 느껴지는 우울함이었다.

탱고에서 이런 인상을 느끼는 것이 우연만은 아닐 것이다. 탱고에는 전쟁이 가져온 지독한 상처와 고향에 대한 애처로운 향수가 그대로 묻어 있다. 탱고는 아르헨티나 전체의 음악이 아니다. 탱고는 부에노스아이레스의 작은 항구 마을에 살던 극빈층 이민 노동자들의 음악이다. 돌아갈 곳 없는 그들은 극복하기 힘든 가난과 체념을 이겨내기 위해 격정적인 감정으로 삶을 이어갔다.

여행을 하는 동안 전 세계의 많은 사람들과 대화하고 혹은 지나쳤다. 그리고 만났던 많은 사람들의 수만큼 다양한 종류의 인상이 있었다. 잘난 척해도 밉지 않은 사람, 천진난만하면서도 어른스러운 사람, 눈에서 경멸과 분노가 뿜어져 나오는 사람, 그저 가만히 있어도 행복한 기운이 넘쳐흐르는 사람.

그 사람의 모든 것이 그러한 인상을 느끼게 만들었다. 입고 있는 옷의 달라붙는 정도, 무언가를 설명하는 말의 빠르기, 혼자 길을 걸을 때의 보폭, 웃을 때 입꼬리가 올라가는 각도, 대화를 나눌 때 눈을 마주치는 횟수, 아무것도 의식하지 않을 때의 표정. 어쩌면 한순간 누군가와 마주한다는 것은, 단지 그때의 그가 아니라 그 사람이 살아온 인생 전부와 마주하는 것일지도 모르겠다.

탱고는 박수 소리와 함께 막을 내렸다. 그 자리에 있는 모두에게 묘한 슬픔을 남긴 채로.

공연이 끝나고 문득 궁금해졌다. 내 인생이 막을 내리는 마지막 순간, 사람들은 환하게 웃고 있을 내 마지막 사진을 바라보며 어떤 인상을 느낄 것인지에 대해서.

인생의 전망대

볼리비아 비자를 받기 위해 아르헨티나 살타에 왔는데 생각보다 절차가 오래 걸려 며칠간 묵게 되었다. 하지만 원래 좋은 여행지는 우연히 발견되는 경우가 많다. 다행히도 살타는 아르헨티나에서 지냈던 마을 중에 가장 좋아했던 곳이었다.

살타가 마음에 든 몇 가지 이유가 있었다. 어느 나라인지 헷갈릴 정도로 해외 여행객이 많지 않은 것, 하늘을 가리는 5층 이상의 높은 건물이 많지 않은 것, 자동차와 오토바이가 적고 나무가 많아 숨 쉴 때마다 공기가 좋다고 느낄 수 있었던 것….

마을 광장 잔디에 누워 책을 읽는 사람들과 깨끗한 깃털의 비둘기가 섞여 부드러운 분위기를 만들어내는 연한 파스텔 톤의 건물들과 그림처럼 아름다운 성당들을 쉽게 볼 수 있는, 골목을 걷기만 해도 마음이 평화로워지는 곳, 그런 마을이 아르헨티나 살타였다.

지내는 동안 마을 구석구석을 전부 돌아다녔다. 살타는 아르헨티나 사람들의 휴양지 같은 곳이었다. 마을 중심에 있는 큰 호수에는 휴양 온 아르헨티나 가족들과 연인들이 타고 있는 나룻배가 가득했다. 혼자서 타볼까 잠시 고민도 했지만 이내 부끄러워 마음을 접었다. 곳곳에 솜사탕과 아이스크림, 팝콘을 팔고 있는 리어카가 잔뜩 돌아다니고 있었지만, 결국 내 마음을 끄는 것은 수십 개의 소스통이 놓인 핫도그 가판대였다. 이 위에 올리브와 토마토, 양파, 옥수수, 감자튀김, 삶은 콩 등등 수많은 재료들을 잔뜩 얹어 먹을 수 있었기 때문이다. 매일 점심은 이곳에서 해결했다.

아르헨티나의 커플들은 전부 살타에 이주시켜놓은 듯했다. 그동안 참 많은 도시를 돌아다녔건만, 거리에 커플들이 이렇게나 많은 곳은 처음이었다. 더구나 남미 사람들은 남미의 뜨거운 태양만큼이나 정열적인 사람들이 많아서 그런지, 길거리 곳곳에서 과감한 애정행각을 하는 사람들을 쉽게 볼 수 있었다.

마지막 날에는 어김없이 마을 가장 높은 곳에 위치한 전망대에 올랐다. 처음 마을에 도착하자마자 전망대를 찾아가는 일은 없다. 늘 여행의 마지막 순간을 전망대에서 보냈다. 마을을 오래 돌아다닌 다음에야, 밑에서는 보지 못하던 새로운 것들을 볼 수 있기 때문이다.

내가 매일 헤매던 골목이 얼마나 단순한 곳이었는지를 보게 되었고, 엄청나게 크다고 생각했던 성당이 생각보다 크지 않았음을 알게 되었고, 밑에서는 볼 수 없던 마을의 끝에서 끝을 한 번에 볼 수 있었다.

살타는 멀리서 바라보아도 아름다운 마을이었다. 전망대 한쪽에 놓인 의자에 앉아 어색한 스페인어로 '살타'라는 이름의 맥주를 주문했다. 평소 아르헨티나에서 마시던 맥주보다 두 배는 비쌌지만 전망대여서 그런 듯했다. 하지만 곧 나온 맥주를 보고서야 비싼 이유를 알게 됐다. 살타는 1리터짜리 거대한 병맥주였다. 하는 수 없이 조금씩 유리잔에 따라 천천히 마시기 시작했다.

인생에도 전망대가 있었으면 좋겠다는 생각을 했다. 그 인생의 전망대에서 맥주 한잔을 하며 보고 싶은 것들이 많다. 인생의 전부라고 여겼던 것들이 사실은 얼마나 작고 소박한 것이었는지, 그토록 헤매고 좌절했던 시련들이 사실은 쉽게 뛰어넘을 수 있었던 작은 언덕인 것은 아닌지, 그동안 내가 인생 어디를 걷고 있었는지, 그리고 앞으로 가야 할 곳은 어디인지. 보고 싶지만 쉽게 볼 수 없는 것들, 내 자리에서 쉽게 보이지 않는 것들이 세상에는 왜 그렇게 많은 것일까.

그 많은 맥주를 다 마시고 나니 내려오는 길의 케이블카가 빙

빙 돌았다. 계단 난간을 짚으며 힘겹게 마을로 내려왔을 때, 어느새 나는 다시 살타의 좁은 골목길 한구석에 서 있었다. 흰 벽과 좁은 골목길로 이루어진 복잡한 미로가 눈앞에 있었다. 불과 10분 거리에 있는 숙소를 찾느라 1시간을 휘청거리며 헤맸다. 그리고 다음 날 눈을 뜨고 마을을 떠나는 순간까지, 다시는 전망대에서 보았던 살타의 진짜 모습을 볼 수 없었다.

우유니 기차역

그 유명한 우유니의 소금사막이 보고 싶어졌다. 마침 살타에 있던 한 여행객이 우유니에 대한 정보를 줬다. 우유니의 소금사막 투어를 하기 위해서는 적어도 여섯 명으로 이루어진 모임이 필요한데, 한 명, 두 명씩 여행하는 여행객들끼리 미리 약속을 잡을 수 있는 단체 채팅방이 있다는 정보였다. 나는 그 사람의 도움으로 채팅방에 초대되었고 다행히 다음 날 아침 6시에 출발하는 그룹에 합류하게 되었다.

살타에서 우유니 마을까지는 버스와 기차로 17시간이 걸리는 먼 곳이었다. 당장 출발한다 해도 새벽 2시는 되어야 도착할 것 같았다. 함께 투어에 참가하기로 한 사람이 어떤 숙소에 묵을 것인지 물어봤지만, 딱히 늦은 새벽에 방을 구하기가 어려울 것 같아 노숙을 하겠다고 말해주었다. 그리고 아침 6시까지 투어를 시작하는 곳으로 찾아가겠다고 했다.

지체할 이유가 없었다. 바로 살타에서 볼리비아 국경으로 향하는 기차를 탔고, 볼리비아에 입국해 우유니행 기차에 탑승했다. 오랜만에 다른 한국인과 함께 여행을 할 생각으로 설렜다. 한동안 혼자 여행을 다녔더니 한국어와 한국사람, 한국에 대한 모든 것이 그리웠다. 이동하는 동안 눈을 붙이려고 했지만 마치 수학여행 전날 밤의 학생처럼 잠이 오지 않았다.

새벽 2시, 철로 상태가 좋지 않은지 심하게 요동치던 기차는 마침내 볼리비아 우유니 역에 도착했다.

우유니는 생각보다 작은 마을이었다. 달빛을 조명 삼아 마을을 한 바퀴 돌아보았지만 마땅히 잘 수 있는 곳은 보이지 않았다. 그래서 다시 기차역으로 돌아갔는데 마침 휴게실에 볼리비아 현지인들이 옹기종기 붙어 잠들어 있는 게 보였다. 자연스럽게 배낭에서 침낭을 꺼내 몸을 구겨 넣고 그 속에 자리를 잡았다.

그때가 새벽 2시 반. 한 3시간 정도 자고 일어나서 약속 장소로 이동하면 되겠다고 생각했다. 배터리와 와이파이가 없어서 핸드폰은 무용지물이 됐지만 다행히 휴게실 벽에는 큰 시계가 걸려 있었다. 긴 시간 이동하느라 몸이 많이 지쳐 있었는지 눈을 감자마자 곧 깊은 잠에 빠져버렸다.

"개미."

꿈속에서 내 별명을 부르는 소리가 들려왔다. 애니메이션 영화에 나오는 개미를 닮았다고 10년 넘게 이름 대신 불려왔던 별명이었다. 한국을 떠나 오랜 여행을 하느라 개미라고 불러주는 사람이 없었던 게 아쉬웠던 탓이었을까. 아니면 내 정신이 어떻게 된 것일까. 꿈속에서 그 말이 희미하게 들려왔다.

"개미 씨?"

잘못 들은 게 아니었다. 분명 누군가가 '개미' 하고 부르며 내 몸을 꽁꽁 묶어놓은 침낭을 흔들고 있었다. 깜짝 놀라 눈을 번쩍 떴지만 깊이 잠들었던 터라 상황 파악이 되지 않았다. 시계를 보니 아직 5시. 약속 시간은 아직 한참 남아 있었다.

"개미 맞죠? 지금 늦었어요, 얼른 가요!"

여전히 무슨 상황인지 몰랐지만 늦었다는 말에 허겁지겁 짐을 싸서 기차역을 빠져 나왔다. 그러고는 기차역 밖에 세워져 있던 의문의 지프에 함께 올라탔다. 잠이 반도 안 깬 채로 말이다.

지프는 요란한 굉음을 내며 마을 밖 울퉁불퉁한 땅을 달리기 시작했다. 사방은 사람도, 건물도, 길도 아무것도 없는 짙은 어둠이었다. 이따금씩 헤드라이트가 비추는 땅 위로 반짝거리는 빛이 보였다.

나를 깨운 사람은 같이 투어를 하기로 한 사람이었다. 알고 보니 투어 시간이 1시간 당겨졌는데 내게 연락할 방도가 없었다고 했다. 결국 출발 시간이 다가오도록 아무런 답이 없어 새벽부터 우유니 마을을 돌아다니며 찾고 있었다는 것이다. 맨 처음 기차역에 왔었지만 현지인들만 잔뜩 노숙을 하고 있길래 설마 이곳엔 없겠지 싶어서 다른 곳으로 찾으러 갔다가 아무리 생각해도 기차역 밖에 노숙할 곳이 없어서 다시 찾아온 것이었다. 그리고 이름을 알 수 없어 내 메신저 아이디에 적혀 있는 개미를 불렀다고 했다.

그렇게 반쯤 꿈속에 있는 채로 여행을 함께했다. 서서히 해가 뜨고 마침내 드넓은 평야 위로 우유니의 하얀 세상이 펼쳐졌다. 온통 흰색으로 뒤덮인 신비한 소금사막. 물이 차오른 곳으로 다가가자 땅 위에 있는 모든 풍경과 하늘이 그대로 물속에 비쳐 눈으로 들어왔다. 위와 아래의 구분이 없어지는 세상을 비추는 지구상 가장 큰 거울, 우유니의 아름다운 모습이었다. 우리는 함께 소금물에 발을 담그고 가만히 일출을 지켜보았다.

오랜만에 사람들과 여행을 함께하니 매 순간이 즐거웠다. 별로 궁금해하지 않았을 텐데, 계속해서 여행 사진을 보여주며 내 이야기를 했다. 호주 바나나 농장에서 먹었던 싸구려 파스타 이야기부터 아프리카 세렝게티의 1인용 텐트 이야기까지. 그동안 누군가에게 이 이야기를 하고 싶어서 어떻게 참았는지 모를 만큼 긴 이야기를 쏟아냈다. 나는 홀로 긴 시간을 보내며 사람과의 만

남을 크게 그리워하고 있었다.

그 후에도 우리는 며칠간 같이 다녔다. 함께 볼리비아 전통 간식인 살떼냐를 먹었으며, 몇백 원을 아끼기 위해 택시 기사와 전투적인 실랑이를 벌였다. 또 살면서 가보고 싶은 곳에 대한 이야기를 나누었고, 한국에서 가져온 옛 추억들을 나누었다.

그리고 어느 정도 마음이 통하는 사이가 되었을 때, 우리는 다시 각자의 여행으로 돌아가기로 했다. 함께 있는 것은 즐겁지만 처음 여행을 떠나올 때의 목표를 이루기 위해서는 불가피한 선택이었다. 대신 그동안의 모든 것을 좋은 추억으로 남기기로 했으니 아쉽긴 해도 슬프지는 않았다. 체력이 넘치는 내가 터미널까지 대신 캐리어를 들어주는 것을 마지막으로, 그렇게 우리는 기분 좋게 헤어졌다. 나는 한동안 그 터미널을 떠나지 못했다.

가끔 누군가와 함께했던 시간보다 헤어짐의 순간이 마음속 깊이 남을 때가 있다. 아쉬움과 슬픔보다는 내 인생의 한 장면을 장식해줘서 고마운 느낌, 약속된 이별의 순간은 우연한 만남만큼이나 아름다운 일이다.

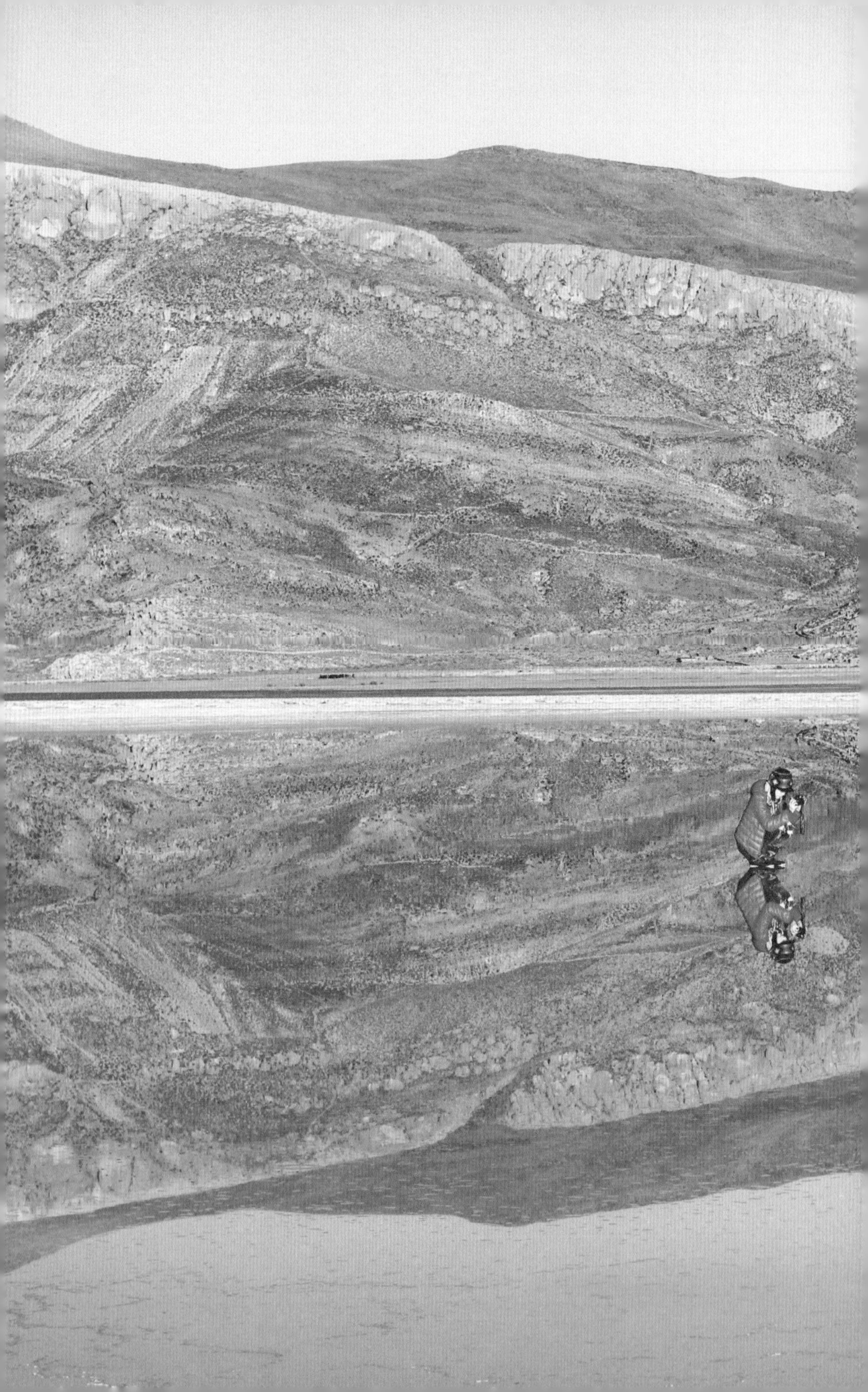

느리게 흐르는 아마존의 속도

아마존의 시간은 느리게 흘러갔다. 섣불리 움직이면 모든 것이 녹아내릴 듯한 강렬한 태양 앞에서, 신속함이나 부지런함 같은 말들은 필요치 않았다. 오직 한가함과 느긋함, 게으름만을 만끽할 수 있는 곳이었다. 모든 생물체가 밀랍인형마냥 가만히 멈춰 있어 그 여유를 즐겼다.

작은 카누에 몸을 싣고 울창한 숲속 사이로 흐르는 황톳빛 강물을 따라 유유히 떠다녔다. 물속에는 피라냐와 핑크 돌고래가 헤엄쳐 다녔고, 물가에는 수많은 악어가 입을 쩍 벌린 채로 가만히 정지해 있었다. 숲속 곳곳에는 꼬리 원숭이와 나무늘보, 지구상에서 가장 큰 쥐인 카피바라 등등 태어나서 처음 보는 희귀한 동물들이 가득했다.

낮에는 피라냐 낚시를 했고 뜨거운 아마존 태양으로부터 몸을 식히기 위해 강물에서 헤엄쳤다. 뱃놀이가 지겨워질 때면 물가 옆 큰 나무에 걸어놓은 해먹에 누워 낮잠을 자기도 했고, 때로는 나무 막대기 하나만 들고 정글 속 아나콘다를 찾으러 떠났다. 배가 고프면 바나나 구이와 피라냐 튀김 등의 음식들을 먹었는데, 보통 식사 시간이 3시간이나 됐다. 그러다 밤이 찾아오면 이중 삼중으로 모기장을 친 통나무집에 들어가 밤새도록 맥주를 마셨다. 그저 멍하니 앉아만 있어도 행복한 시간이었다.

내가 어릴 적에 다녔던 초등학교와 집 사이에는 작은 동산이 있었다. 걸어서 10분이면 정상까지 오를 수 있는 곳이었지만 나와 친구들에게는 거대한 놀이터이자 모험의 공간이었다. 그러던 어느 날, 우리는 동산 기슭 깊은 곳에 우리들만의 장소를 만들기로 했다. 집에서 아빠 몰래 목장갑과 빈 시멘트 포대, 나일론 끈을 들고 나왔고, 그것으로 나뭇가지를 엮어 벽을 만들고 지붕을 만들었다. 그렇게 만들어진 작은 집 위로 낙엽을 잔뜩 덮어 잘 보이지 않게 해두었다. 아무도 찾을 수 없는 나무집, 나는 매일 그곳을 찾아갔다. 그곳에는 숙제 하라는 잔소리도 없었고, 심부름을 시키는 사람도 없었다. 그저 멍하니 앉아만 있어도 행복했다.

그러다 4학년이 되어 전학을 가게 되었고, 본격적으로 학원을 다니기 시작하면서 그곳을 찾지 않게 되었다. 아마 그때부터였을까. 내 인생은 급속도로 빨라지기 시작했다. 매일 반복되는 일정들을 보내고 나면 어느새 하루가, 또 어느새 한 달이 지나 있었다.

물론 바쁜 일정 때문에 하루가 짧아지는 것은 불가피한 일이었다. 오히려 문제는, 아무 일정 없는 시간을 보내는 내 태도에 변화가 생겼다는 것이다. 나는 아무것도 하지 않는 시간을 견디지 못하게 되었다. 비는 시간을 무엇으로든 채우려고 애썼고, 혼자 있는 때에는 핸드폰으로 인터넷 세상을 돌아다니든지, 그것도 아니면 평소 보지도 않는 방송이라도 틀어놔야 마음이 편했다. 방학이나 긴 휴일이 찾아오면 어떻게 이 긴 시간을 심심하지 않게 보낼 수 있을지 고민했다. 나는 그렇게 시간을 빨리 소비하고 싶었다.

아마존을 찾은 여행자 중에는 아마존의 느릿느릿한 속도를 지루하게 생각하는 사람들도 많았다. 핸드폰도 터지지 않는 곳에서 그저 멍하니 앉아 있는 일은 평소 생활과는 너무나도 달랐으니까. 하지만 며칠을 지내다 보면 다들 어느새 그 속도에 점차 적응하게 되었다. 평소에 빠른 걸음을 재촉하던 우리에게 조금 느리다고 느껴졌을 뿐, 사람의 원래 걸음걸이도 아마존의 속도와 비슷하지 않았을까. 아마존은 세상에서 가장 자연스러운 속도로 천천히 흘러가고 있다.

불법 입국

아무것도 보이지 않던 늦은 밤, 버스는 볼리비아 어느 국경 앞에 멈춰 섰다. 승객들은 페루에 입국하기 위해 줄 서서 검문소로 들어갔다. 줄은 순조롭게 줄어들었고, 마침내 내 차례가 다가왔다. 이런 상황에 익숙하다는 분위기를 한껏 뽐내며, 무심한 척 여권을 내밀었다.

여권을 건네준 지 한참이 지났지만 출국 허가 도장을 찍어주지 않았다. 분위기가 이상했다.여권을 받아든 직원은 계속해서 여권의 한 페이지, 한 페이지를 꼼꼼히 살펴보고 있었다.

"입국 도장이 없는데?"

순간 내 귀를 의심했다. 입국 도장이 없다니, 분명 아르헨티나에서 볼리비아로 넘어올 때 여권에 도장 찍는 장면을 똑똑히 보았는데 말이다. 그렇게 당황해하는 사이, 주변에는 이미 완전무장을 한 경비원들이 성큼 다가와 있었다.

'침착하자. 침착하자.'

덜컥 겁이 났다. 속으로는 침착하자고 되뇌고 있었지만 마음은 점점 조급해져갔다. 직원은 몇 번 더 여권을 확인했지만 고개를 절레절레 저을 뿐이었다. 전 세계에서 찍은 다양한 도장이 빽빽했지만, 두 번 세 번 아무리 눈을 씻고 찾아봐도 볼리비아 입국이 적혀 있는 도장은 보이지 않았다. 환장할 노릇이었다.

아르헨티나에서 볼리비아 국경을 넘던 날을 떠올려보았다. 버스를 타고 아르헨티나의 가장 북쪽 마을 라키아카에 도착했다. 그리고 황토색 흙길을 한참 걸어 볼리비아 국경 검문소가 있는 곳으로 걸어갔다. 그곳에는 아르헨티나와 볼리비아를 갈라놓은 국경을 따라 작은 개천이 흐르고 있었다. 몇몇의 볼리비아 주민들과 아르헨티나 사람들이 보따리를 짊어지고 개천을 건너고 있는 모습을 보았다. 그리고 개천 한가운데 놓인 다리 위 검문소로 향했다. 정당히 입국 도장을 받기 위해!

검문소는 낡고 초라한 건물이었다. 얼른 퇴근하고 싶어 하는 표정을 한 직원은 부속품 공장의 기계처럼 반복적으로 일하고 있었다. 사람들에게 국경을 넘는 이유를 물었고, 대답에 상관없이 바로 여권을 달라고 손을 내밀었다. 그리고 마침내 내 차례가 왔을 때, 분명히 보았다. 그 영혼 없는 직원이 커다란 도장을 여권에 쾅 찍어내리는 장면을. 그래서 전혀 의심하지 않았다. 오히려 의심하는 사람이 이상한 상황이었다.

정말 이해할 수 없는 일이었다. 왜 그 직원은 입국 도장을 찍는 시늉만 한 것인지 말이다. 하지만 아무리 이 상황을 설명해봤자 믿어주지 않았다. 검문소 직원들은 계속해서 고개를 젓고 있었고, 나는 앵무새마냥 똑같은 말만 되풀이했다.

"불법 입국, 불법 체류자, 불법…"

상상조차 해보지 않았던 끔찍한 말들이 들려왔다. 더군다나 같은 버스를 타고 온 모든 사람들에게 출국 허가가 내려졌고, 오직 나만 계속해서 실랑이를 벌이고 있었다. 볼리비아의 허름한 감옥 철창 안에 갇힌 내 모습이 머릿속에 그려졌다. 나는 대체 어떻게 되는 것일까. 그동안 나는 입국 허락도 받지 않은 채 당당히 볼리비아를 여행하고 있었던 것일까. 한국 대사관에 도움을 요청해야 하는 것일까.

"너 혹시 돈 좀 있어?"

잘못 들었나 싶었다. 갑자기 무슨 돈? 심각하게 고민하고 있는 내게 직원이 갑자기 뜬금없는 질문을 던졌다.

"돈? 왜? 얼마를 말하는 거야?"

"한 300볼(약 5만원) 정도."

아무 생각 없이 곧바로 지갑을 열어 보았으나 안타깝게도 200볼 정도밖에 가지고 있지 않았다. 지갑에서 200볼을 꺼내 난처한 표정을 짓자 이내 직원은 이렇게 말했다.

"그냥 그것만 줘."

200볼을 건네받은 직원은 마치 아무 일도 없었다는 것처럼 입국 도장을 쾅 찍었고, 그 옆에다가 출국 도장을 다시 찍어주었다. 감옥에서 콩밥을 먹는 모습까지 머릿속에 떠올리고 있었던 순진한 내가 바보가 된 기분이었다. 주위에 하나둘 모여들었던 경비원들도 늘 있었던 일인 것마냥 다시 자신들의 자리로 돌아갔다. 그렇게 무서워 보이던 덩치 큰 경비원들이 이제는 퇴근하고 뭘 먹을지 고민하는 배 나온 아저씨들로 보였다.

국경을 넘어 페루에서 다시 버스를 탔다. 가는 동안 이런 생각이 들었다.

'일부러 입국 도장을 찍어주지 않은 것일 수도 있겠구나.'

허무한 일이다. 그동안 소매치기나 사기를 당하지 않으려고 그렇게 경계하고 다녔는데, 설마 국경 검문소에서 이런 일을 당할 줄이야.

여행은 참 어렵다. 사람을 경계하면 여행하는 즐거움이 줄어들고, 사람을 경계하지 않으면 이렇게 당하고 만다. 아니, 여행이 어려운 게 아니다. 어려운 건 사람일지도.

여행자와 이방인

잉카의 수도였던 쿠스코에 도착했다. 찬란했던 잉카 문명은 비록 16세기 에스파냐 군대의 침략으로 멸망했지만, 그 문화와 정신은 도시 근교 구석구석에 남아 있었다.

거대한 요새 오얀따이땀보와 거대한 원심형의 경작지 모라이, 그리고 잃어버린 태양의 도시 마추픽추까지. 안데스 고원에 남긴 잉카 유적을 찾아 며칠을 돌아다녔다. 거대한 돌을 정교하게 다듬고 접합시킨 잉카인들의 석조 건축술은 경이로울 정도였다. 여행자로서의 역할을 충실히 하기 위해 그 모습들을 열심히 카메라에 담았다. 하지만 남한산성이나 종묘를 걸을 때처럼 잉카 선조들의 숨결을 느끼지는 못했다. 나는 그 땅의 후예가 아니었기 때문이다. 그곳은 대포와 총으로 무장한 에스파냐 군대에게 억울한 죽음을 당한, 한 맺힌 인디오들의 땅이었다. 현지인들 가득한 마을 시장에라도 가는 날이면 유독 하얗고 큰 키를 가진 내게 시선이 집중되었다.

그곳에서 나는 여행자였고, 이방인이었다.

여행자라 생각할 때 내 모습은 자유로웠다. 나는 늘 다른 사람과는 달라지고 싶은 욕망을 가지고 있었다. 여행자인 나는 그곳의 사람들과는 다른 존재였다. 어디에도 소속되어 있지 않기 때문에 언제든 떠날 수 있었고, 현실의 문제에 덜 속박되어 있었다. 그래서 여행을 할 때 가장 즐거운 일 중 하나는 길거리의 사람들을 관찰하는 일이었다. 평범하고 반복적인 삶을 살아가고 있는 사람들의 모습과 그 굴레에서 잠시 벗어나 있는 내 모습을 비교하며 잠시 건방진 우월감을 느꼈다.

그런데 이방인이라 생각할 때 내 모습은 애처로웠다. 나는 늘 다른 사람들과 같아지고 싶은 욕망을 가지고 있었다. 이방인인 나는 그곳에 있는 사람들과는 다른 존재였다. 그래서 같이 어울릴 수는 있어도, '우리'가 되지는 못했다. 같은 공간에서 함께 시간을 보낼 수는 있었어도, 같은 느낌과 감정을 갖지는 못했다. 항상 이런 생각을 했다. '이 사람들과 나 사이엔 커다란 벽이 있어서 날 외롭게 만든다.' '나도 다시 이 사람들처럼 평범한 삶으로 돌아가고 싶다.'

여행이 끝나고 돌아왔을 때도 현실 속에서 늘 고민했다. 나는 어디에 서야 하는 것일까. 좁은 강의실을 빽빽하게 채운 의자에 앉아 수업을 듣고 있으면 문 밖으로 나가버리고 싶으면서도, 막상 조금이라도 무리에서 벗어났다는 기분이 들면 불안해졌다.

이 두 가지 욕망을 동시에 가지고 있다는 게 아이러니하다. 대체 사람들과 같아지고 싶은 것일까, 달라지고 싶은 것일까.

같이 걷고 싶은 길

길을 걷다 높은 벽을 만났다. 사다리로는 절대 넘지 못할 것 같은 높은 벽은 무언가 숨기고 있는 듯했다. 그 안이 궁금해 긴 벽을 따라 한참을 걸어갔다. 마치 도시 안에 거대한 도시가 하나 더 있는 것 같았다.

이곳은 400년간 세상으로부터 철저하게 격리되어 지켜졌던 산타카탈리나 수녀원이었다. 입구에 비치된 안내 책자를 읽어보니, 과거의 귀족 가문 태생의 젊은 여인들이 정략 결혼을 피해 들어와 살았다고 한다. 1600년대에는 그 수가 무려 500명이 넘었고 부유한 견습 수녀들이 막대한 지참금을 가져왔다고 하니, 이렇게나 화려하고 거대한 수녀원이 만들어진 것이 이해가 됐다. 산타카탈리나 수녀원은 페루 전체를 통틀어 가장 큰 종교 건물이었다.

수녀원의 벽 안으로 들어가자 새로운 세계가 펼쳐졌다. 수녀원보다는 명망 높은 왕가의 거대한 정원에 들어온 것 같은 기분이 들었다. 밖에서는 전혀 보이지 않던 새빨간 꽃들과 에메랄드빛이 나는 분수, 그리고 아름다운 색의 건물들이 혼자 걷기에는 너무도 아까운 길을 만들어내고 있었다. 더구나 뒤로는 해발 6000미터가 넘는 차차니 산의 눈 덮인 풍경이 푸른 기운을 더하니, 이보다 완벽한 색의 조화가 없었다.

종종 함께였으면 모든 게 완벽할 것만 같은 기분이 들어 아쉬울 때가 있다. 주로 이런 길을 혼자 걸을 때 그렇다.

내가 좋아하는 길에는 두 가지 종류가 있다. 혼자 걷고 싶은 길과 같이 걷고 싶은 길. 전자가 오로지 나에게 집중할 수 있는 경건한 기운의 길이라면, 후자는 오로지 한 사람에 집중할 수 있는 길, 오감이 한 사람만을 위해 작동할 수 있는 그런 길이다. 산타 카탈리나 수녀원은 누군가와 같이 걷고 싶은 길이었다.

같이 걷고 싶은 길의 한쪽 끝으로는 따뜻한 빛이 흘러 들어왔다. 길 전체에 미세한 유속을 만드는 끌림이 있는 빛이다. 둘의 마음을 천천히 한쪽으로 흘려보내는 푸근한 유속이다. 그리고 그런 길을 함께 걷는다는 것은, 어디로 가자고 말하지 않아도 서로가 이미 같은 방향을 품고 있는 일이다. 서로가 서로에게 앞장서길 기대하고 실망하고 지치는 일이 아니라, 그저 이 아름다운 길을 함께 걸을 누군가가 있다는 사실에 마음 놓이는 일이다.

그 유속이 서로에게 일정한 속도를 갖지 않는다. 때로는 나란히 걸어갈 수도 있지만, 때로는 세 발짝 떨어져 걸을 수도 있는 것이다. 그저 같은 길 위에만 있으면 되는 것이고, 서로가 길을 잃지만 않으면 되는 것이다.

산타카탈리나 수녀원의 길은 무척이나 아름다웠지만 그만큼 아쉬움이 컸다. 그리고 한동안 아쉬움이 만든 빈자리에 외로움이 파고들었다.

사람들은 이런 내게 강렬한 사랑을 하라지만 그런 사랑은 더욱 외로울 것만 같다. 그저 같이 걷고 싶은 길을 함께 걸을 사람이 있었으면 좋겠다. 적당한 유속에 서로를 믿고 몸 띄울 수 있는 그런 사람, 그런 편안한 사랑.

SALIDA

모래바람은 기스를 남긴다

생명의 기운이라고는 전혀 느껴지지 않는 사막의 한가운데 위로 세찬 모래바람이 불어왔다. 눈으로 보이지는 않았지만, 수억 개의 작은 모래 알갱이가 몸 곳곳을 스치며 지나가는 게 느껴졌다.

한 걸음 한 걸음이 모래 속을 푹푹 파고들어 조금씩 지쳐갔고, 하늘에는 더위에 흐르는 땀조차 증발시켜버리는 뜨거운 사막의 태양이 이글거렸다.

그렇게 사막에 들어선 지 1시간 정도 지났을까. 온몸은 보이지 않는 작은 모래 알갱이로 뒤덮여버렸다. 움직일 때마다 피부에 거칠고 불쾌한 마찰이 느껴졌다. 렌즈를 바꿔 끼려고 카메라를 만지면 '끼긱끼긱' 하는 소리가 미세하게 들려왔다.

사막은 이런 곳이었다. 모든 것을 노쇠하게 만드는 급속한 시간의 흐름 속에 있는 공간. 사막 위의 모든 물체는 서서히 풍화되어 모래로 돌아가기 위한 재료일 뿐이었다.

명절날이었다. 아무리 걸어 다녀도 문을 연 식당이 보이지 않았다. 그제서야 '아, 정말 추석이구나' 하는 생각이 들었다. 우리 가족이 추석을 지내지 않은 명절이었다. 요양원에 계신 할아버지, 할머니가 긴 외출을 하시기 어려웠기 때문이다. 대신 산속 깊은 곳에 있는 요양원에 다녀왔다. 다행히 두 분 다 큰 문제없이 잘 지내고 계셨다. 특히 아흔셋의 할아버지는 여전히 체육복에 양복 외투를 걸치시고 여기저기 잘 다니셨다. 더 이상 내가 당신 손자인지 누구인지 못 알아보시는 것만 빼면 말이다.

사실 나는 할아버지 말씀을 귀담아 들은 적이 없다. 어렸을 때는 늘 같은 말씀만 하셔서 지루해 듣지 않았고 지금은 워낙 발음이 새셔서 대부분의 이야기를 알아듣지 못한다. 그래도 끊임없이 같은 말씀을 하시는 것을 보니 건강하신 것 같아 다행이다.

할아버지는 이산가족이다. 할아버지가 지금의 나보다 젊은 청년이었을 때 가족들과 떨어져서 그 먼 평안북도 신의주에서 남한까지 내려오셨다. 가끔 이 이야기를 들으면 참 힘든 인생을 사셨겠구나, 하는 생각이 든다.

할아버지를 보고 있으면 점점 나이를 먹어간다는 사실이 두려워진다. 지금의 나는 뭐든지 할 수 있을 것만 같은 스물여섯의 패기 넘치는 청년이지만, 이것도 내 건강한 육체에서 비롯된 것이니까. 나도 언젠가는 늙고 쇠약해질 것이다. 가끔은 이 사실이 너무 억울하다. 이제 겨우 인생의 반의 반 토막을 살았는데….

할아버지가 중얼거리시는 말 속에서 또렷하게 한 문장이 들렸다.

"하나도 안 힘들어. 걱정할 게 없으니까. 사람은 걱정 안 하면 안 늙어."

그 말을 들으니 나는 아직 한참을 더 늙겠구나 하는 생각이 들었다.

처음 느끼는 기분

다섯 번째 대륙인 남미의 마지막을 장식하기 위해 안데스 산맥 4600미터 고지를 오르기로 했다. 새벽 일찍 일어나 중국 음식점 '치파'에 예약해두었던 볶음밥 도시락을 챙겼고, 고산병 약인 소로체를 입속에 털어 넣었다.

시작은 비교적 단조로웠다. 곳곳에 물이 가득한 들판에는 소들이 평화롭게 풀을 뜯고 있었고, 여기저기 근사한 폭포들이 물안개와 무지개를 만들어내고 있었다. 하지만 1시간 정도 더 걸었을까. 발을 허리까지 들어야 오를 수 있는 가파른 돌 언덕이 계속해서 이어졌다. 숨은 점점 막혀왔고, 얼굴은 어느새 핏기가 가시고 하얗게 질리기 시작했다. 마치 온몸에 거대한 추를 달고 있는 기분이었다. 서울에서보다 산소량이 60퍼센트밖에 되지 않는 것이 그제야 느껴지기 시작했다.

처음 느끼는 기분이었다. 뉴질랜드 카와라우 강의 번지점프대에 서서 발밑을 바라보았을 때에도, 아르헨티나 부에노스아이레스 4000미터 상공 비행기에서 뛰어내리기 위해 일어섰을 때에도 이 정도로 심장이 뛰지는 않았다. 마치 누군가 심장에 터보엔진을 달아놓은 것마냥 미칠 듯이 뛰었다. 그리고 그 강력한 진동에 맞춰 송곳으로 뇌를 찌르는 듯한 통증이 느껴졌다. 오직 이어폰으로 들려오는 노랫소리에 의존해 한 발 한 발 필사적으로 앞을 내디뎠다. 심장은 터질 것 같았고, 머리는 깨질 듯이 아팠다.

다행히 농장에서 100일 동안 길러왔던 체력이 빛을 발했다. 결국 그날 트레킹을 시작한 사람들 중 첫 번째로 눈이 가득 쌓인 정상 호숫가에 도착했다. 순간 온몸의 힘이 빠지면서 더 이상 한 발짝도 움직일 수 없었다. 그렇게 한참을 쓰러져 헛구역질하다가 차차 정신이 돌아왔을 때, 비로소 형용할 수 없이 아름다운 만년설의 푸른 호수를 보았다. 이제껏 아껴왔던 숨을 크게 몰아쉬었다.

호수가 잘 내려다보이는 바위에 앉아 볶음밥을 꺼냈다. 밥알이 차갑고 딱딱하게 굳어버렸지만, 배가 고프면 그런 것쯤 신경 쓰지 않게 된다. 스티로폼 용기의 한쪽 귀퉁이를 떼어내어 그걸로 열심히 밥을 퍼먹었다. 심장은 여전히 요동쳤으나 고통스럽지 않았다. 오히려 이제 확실해졌다. 살아 있다는 것에 공허함을 느끼던 예전의 나는 완전히 사라졌다. 내 온몸이 격렬하게 살아 있다는 것을 느꼈다. 다행이다.

나는 나를 여행하고 있습니다

"성호씨는 언제까지 여기에 머물 거예요?"

"글쎄요, 때가 되면 가지 않을까요? 아직 계획은 없어요."

"여행한다고 하시지 않았어요? 이미 아레키파에서 볼 만한 건 다 보셨잖아요?"

"…"

남미를 떠나는 비행기 안에서, 그때 미처 답을 하지 못한 것을 떠올렸다. 오세아니아, 아시아, 아프리카, 유럽을 거쳐 남미의 아레키파에 도착했을 때 이야기이다.

사람들은 이곳을 '백색도시'라 불렀다. 그리고 그 이유를 깨닫는 데에는 단 1분도 필요치 않았다. 20시간 넘게 페루의 자욱한 모래바람 속을 달려 도착한 이곳은 버스에서 내리는 순간부터 모든 게 '백색'이었으니까.

참 신기했다. 마을 중심에 있는 아르마스 광장에는 백색 분수대를 기점으로 온통 백색 기운들이 뿜어져 나오고 있었고, 남미의 강렬한 태양빛이 그 기운들을 반사시켜 눈의 신경들을 마비시켰다. 후미진 골목의 켜켜이 쌓인 벽돌에서까지 백색 냄새가 코를 찌르는 이색적인 곳이었다.

그러다 어느 순간부터 나를 아레키파에서 떠나지 못하게 하는 의문이 하나 생겨버렸다. 백색도 다 같은 백색이 아니지 않은가? 하얀색이 있고, 희멀건 색이 있고, 순백색이 있고, 미백색이 있지 않은가? 그런데 아레키파의 백색이 그중에 어떤 백색인지 당최 알 수가 없는 것이었다. 스페인에도 백색도시 미하스가 있고, 그리스에도 백색도시 산토리니가 있으니 말이다.

마지막 날이었다. 마을 외곽 산기슭에 자리한 거대하고 낡은 육교 위에서 밤을 맞게 되었다. 결국 이 아레키파의 백색이 어떤 백색인지 영영 알 수가 없겠구나 했는데, 신기하게도 하늘에 놀라운 변화가 생기기 시작했다. 누군가 실수로 보라색 물감통을 엎지른 것마냥, 하늘이 온통 푸르스름한 보랏빛으로 물들어가고 있었다. 하지만 더욱 신기한 것은 그다음부터였다. 익숙해야 할 모든 게 새롭게 느껴지기 시작했다. 며칠을 계속 보아왔던 아르마스 광장의 낭만적인 분위기가 아름다웠고, 전에는 느껴지지 않던 청결한 거리의 아늑한 냄새가 진하게 풍겨왔고, 저 멀리 만년설의 눈빛이 애처로운 듯 슬펐고, 가만히 서서 그 풍경을 바라보는 나 자신이 새롭게 느껴졌다.

내게 여행의 가장 큰 즐거움은 이것이다. 내 스스로 세상의 새로운 모습을 찾아다니고 발견하는 일이다. 그렇게 발견한 새로운 땅을 통해 작은 떨림을 느끼는 일이다. 그 작은 떨림이 내 몸을 증폭기 삼아 거대한 감동의 울림으로 변해가는 일이다. 그 거대한 울림이 삶에 무뎌진 감각들을 깨우고, 전에는 느끼지 못했던 새로운 감정들과 마주하는 일이다. 내 몸 깊은 곳에 숨어 있던 여리고 세심한 감정들과….

여행을 통해 차츰 나를 알아가고 탐험하고 싶다. 내가 어떤 것을 좋아하고 언제 행복해하는지, 무엇에 감동하고 슬퍼하는지 알기 위해. 내가 세상을 어떻게 바라보는지, 그리고 세상은 내게 어떤 존재인지 확인하기 위해.

형체를 확인하러 다니는 이동은 이제 질렸다. 모두가 아레키파를 백색도시라 부를지언정, 내가 그래야 할 이유는 없다. 나는 새로운 하늘빛에 감동하고 행복을 느끼면서도, 금세 서럽게 눈물을 흘렸다. 분명 아레키파에서 내가 사랑한 것은 보라색이다. 시간이 흐른 지금도 나는 그 보라색 하늘을 그리워하고 있다. 그러니 평생 그 모습으로 기억할 것이다. 백색이 아닌 보라색, 보라색도

시 아레키파로.

행복했던 남미의 여행을 되돌아보며 늦게나마 답을 한다.

나는 홀로 긴 여행을 하고 있습니다.

다만,

세상을 겉도는 여행을 할 수는 있지만,

나를 겉도는 여행은 하고 싶지 않습니다.

나의 여행이었으면 좋겠습니다.

나는 나를 여행했으면 좋겠습니다.

밀미리 마을

여행의 마지막 대륙인 북미로 향한 비행기. 플로리다를 통해 북미로 넘어온 후 미국의 서쪽 샌프란시스코에 도착했다. 그리고 이틀 만에 다시 시카고로 이동했다. 이제 비행기를 타는 일이 서울에서 지하철을 타는 것마냥 익숙해지고 있었다. 곧 여행을 마칠 때가 오고 있음을 직감했다.

시카고에서 버스를 타고 캐나다 토론토에 있는 친구 집으로 향했다. 초등학교, 중학교를 같이 다녔지만 이민을 가는 바람에 한동안 만나지 못했던 친구다. 디트로이트에서 버스를 갈아타고 국경을 넘느라 오랜 시간이 걸렸지만, 친구는 시내버스 정류장 벤치에 앉아서 졸고 있는 나를 찾아냈다.

긴 시간이 흘렀지만 어제 봤던 것만 같은 얼굴이었다. 늘 연락을 해왔던 터라 오랜만의 재회에 굳이 많은 말을 하지 않았다. 우리는 긴 침묵이 불편하지 않은 편한 사이였다.

친구 집에서 며칠을 지내고 나서는 나이아가라 폭포 부근의 국경을 넘었고, 그곳에서 버스를 타고 콜럼버스로 이동했다. 박사과정 공부를 하고 있는 사촌 형과 형수님, 그리고 태어난 지 3개월밖에 되지 않은 조카가 기다리고 있었다.

사촌 형 집에 도착하자마자 오랜만에 모든 긴장을 풀고 지냈다. 요리를 잘하시는 형수님 덕분에 맛있는 곰탕과 잔치국수, 된장국 같은 음식들을 먹을 수 있었다. 너무나도 그리워했던 한국 음식들이었다.

술을 즐겨했던 사촌 형은 여전히 애주가였다. 우리 둘은 삼겹살을 안주 삼아 술을 마시며, 미처 하지 못했던 이야기들을 나누었다. 그리고 첫 조카인 아인이는 최대한 객관적인 눈으로 봤을 때도 무척이나 귀엽고 예뻐서 그곳에 있는 동안 렌즈를 바꿔가며 아인이 사진만 수백 장을 찍었다. 그러다 보니 어느새 한국으로 돌아갈 시간이 다가왔다. 한국으로 돌아가면 이렇게 편한 시간들이 계속될 것만 같은 기분 좋은 예감이 들었다.

문득 곧 돌아가게 될 개포동 밀미리 마을이 생각났다. 세상에는 그보다 멋지고 아름다운 마을이 무수히 많았지만, 결국 돌아가는 곳은 내가 태어나고 자랐던 개포동 밀미리 마을이었으면 좋겠다.

지하철 3호선 매봉역에서 내려 걸어가던 양재천 다리와 삼호물산 사거리, 늘 똑같은 머리를 하고 있어 교복을 입지 않고 있어도 알 수 있는 국악고등학교 학생들, 이제는 너무 유명해져 괜히 서운한 개포 5단지의 단골 떡볶이집, '세계를 움직이는 힘, 도서관에서 기르자'라고 쓰인 거대한 현판이 걸려 있는 낡디 낡은 개포도서관.

얼른 그 풍경들을 다시 보고 싶었다. 모든 것들이 그 자리 그대로 있었으면 좋겠다는 바람으로.

나 홀로 크리스마스

1년간의 여행을 마치는 바로 전날, 미국 샌프란시스코에서 홀로 크리스마스를 맞았다. 물론 크리스마스 선물을 받지 못할 것은 알고 있었지만 그래도 후련했다. 4계절에 걸친 길고 긴 여행이 드디어 막을 내리는 순간이었으니까.

두 발로 걸어 다녔던 전 세계 6대륙은 최고의 학교였다. 마주치는 모든 사람들이 선생님이 되었고, 겪었던 모든 일들이 뜻 깊은 공부가 되었다. 언젠가 이 모든 배움이 내 인생에 도움이 될 것이라 믿는다. 인생에 무의미한 공부가 어디 있을까.

되돌아 보니 어느 것 하나 유익하지 않은 경험이 없었다. 1년 만에 내가 변하지는 않았겠지만, 앞으로의 인생은 변할 것이라 믿는다. 그러니 크리스마스 선물 정도는 받지 않아도 괜찮을 것 같았다.

아름다웠던 모든 것이 그리울 것이다. 매일 맥주를 마시던 차이나타운 빌라의 베란다, 뉴질랜드 만년설의 정상에서 맛본 눈, 100일간 매일 먹어야 했던 바나나 농장에서의 싸구려 파스타, 댓잎 밥에 치킨 파는 아이들의 깊은 마음, 뭄바이 빨래터의 거품 가득한 웅덩이에서 물장구 치던 도비왈라 꼬마들, 붉은 천을 휘날리던 마사이 전사의 리드미컬한 몸동작, 1인용 텐트에서 자고 일어나 바라본 세렝게티 사바나의 아침, 잔지바르의 오색찬란한 천국 같던 바다, 아빠가 보고 싶어 했던 리우 예수상의 온화한 표정, 항구 노동자들의 한이 서린 음악, 우유니 기차역에서 나를 깨우던 수수한 얼굴의 미소, 따뜻한 빛이 들어오는 수녀원의 같이 걷고 싶은 길, 느긋하고 편안했던 아마존의 속도, 그리고 나를 여행하고 있었던 온전한 나의 모습, 너무도 아름다웠던 것들….

처음 여행을 떠날 때 가졌던 의문.

'인생이란 무엇일까?'

아직 정확한 답을 찾아내지는 못했다. 다만 확신을 갖게 된 것은 인생은 아름다운 것들로 채워 넣어야 한다는 것이다. 그저 소리 없이 숨만 쉬고 있는 삶은 고통스럽다. 하지만 그 삶에 조금씩이나마 아름다운 것들이 채워진다면, 언젠가는 '인생이란 아름다운 것이다' 하고 웃을 수 있으리라 믿는다.

1년간의 긴 여행을 여기서 마쳤다. 모든 것이 아름다웠다. 그것도 아주 충분히.

그러니 이제 돌아가도 아쉽지 않다.

에필로그

인생의 4라운드 링 위에서

1.

모든 것이 그대로였다. 1년 전 출국하던 날, 살을 에는 추위가 내 긴 여행을 배웅했다. 그리고 세계 일주를 마치고 돌아온 대한민국 인천 공항. 또다시 나를 반겨준 것은 그때 그 추위였다. 이상에 있다가 현실로 돌아온 기분이 들었다. 마치 한여름 밤의 꿈을 꾼 것처럼.

변한 게 있다면 세계 일주를 마치고 돌아온 수많은 사람들 중 하나가 되었다는 것, 그뿐이었다. 세계 일주를 했건 동네 일주를 했건, 언제까지나 여행의 추억에만 빠져 살 수는 없었다. 나는 어느새 졸업 후 진로를 고민해야 하는 대학교 4학년이 되어 있었다. 취업이나 대학원 진학 등, 현실적으로 가능할 법한 모든 경우의 수를 두고 고민했다. 하지만 그중에 정말로 내가 원하는 것은 없었기 때문에, 매일 자고 일어날 때마다 한 번씩 진로가 바뀌는 그 시간들이 무척이나 괴로웠다.

신문이나 TV에서 세계 일주를 다녀온 사람들의 인터뷰를 보게 되었다.

"세계 일주를 다녀온 뒤에 가장 크게 바뀐 건 무엇인가요?"

"여행을 다녀오고 나서 정말 많은 것이 달라졌어요. 세상을 보는 눈이 바뀌었고요, 사람을 대하는 태도도 달라졌어요. 좀 더 다양한 사람들의 삶을 이해할 수 있게 되었죠. 또 뭐든지 할 수 있다는 자신감을 얻었고, 내 스스로를 조금 더 중요하게 생각하게 됐어요. 게다가…."

그중에 내가 원하는 대답은 없었다. 내가 정말 알고 싶었던 것은, 그래서 현실이 어떻게 바뀌었냐는 것이었다. 어쩌면 나는 큰 착각에 빠져 있었는지도 모른다. 여행이 내가 원하지 않는 현실의 모든 것들을 바꿔줄 것이라고 말이다. 물론 다양한 경험과 깊은 고민들은 내 가치관을 비롯해 나의 내적인 부분에서 많은 것을 긍정적으로 변화시켰다. 하지만 생각이 달라지는 것과 현실이 바뀌는 것은 다른 문제였다. 생각은 다양한 경험과 깊은 고민을 통해서 자연스레 바뀌는 것이었지만, 현실을 바꾸기 위해서는 용기 있는 행동을 이끌어낼 수 있는 과감한 결단력이 필요했다. 단순히 생각의 변화만으로는 현실의 아무것도 바꿀 수 없었다.

덜컥 겁이 났다. 내 주변의 모든 것들은 이미 쉽게 무너뜨릴 수 없는 견고한 벽들로 둘러싸여 있었으니까. 과연 내가 이 모든 것들을 돌파할 수 있을지 의문이 들었다. 내가 원하지 않는 나의 모습과 상황들, 하지만 동시에 다른 사람들이 내게서 기대하고 바라는 것들, 또 누군가에게는 그토록 바라는 좋은 선택이 될 수도 있는 것들. 그 모든 것들과 싸우려니 쉽게 용기가 나지 않았다.

2.

해가 질 때쯤에서야 집에서 나온다. 그리고 집 앞에 놓여 있는 자전거를 타고 양재천 길을 따라 페달을 밟는다. 30분 정도 가다가 잠실 종합운동장이 보이면, 어깨에 자전거를 짊어진 채 다시 도로로 올라온다. 그렇게 도착한 곳에는 밤새 불을 켜져 있는 도심 속 도서관이 있다.

매일 이곳에서 책을 읽거나 글을 쓴다. 낮에는 사람이 많기 때문에 그 시간을 피해 밤에 찾아온다. 12시쯤 되면 서서히 버스와 지하철이 끊기고, 이 거대한 도서관에는 오직 십여 명의 사람과 수만 권의 책만이 남는다. 나는 이 한적한 분위기가 좋다.

아파트 3층 높이는 되어 보이는 거대한 책장에는 책들이 빽빽하게 꽂혀 있다. 이 책장 뒤에 숨어 있는 밝은 조명은 틈새 사이

사이로 주황색 불빛을 내뿜는다. 그러면 수많은 책들이 각각의 밝기로 그 빛을 반사시켜, 마치 밤하늘에 황금색 별들이 반짝거리는 듯한 풍경을 만들어낸다. 문득 고개를 들어 그 풍경을 바라보다 보면, 캠핑장에서 매일 밤 홀로 밤하늘의 별들을 바라보며 세계 일주를 꿈꾸던 그때가 떠오른다.

새벽 2시, 아침까지 있을 것 같던 사람들이 하나둘 떠나기 시작한다. 서너 명쯤 남으면 한 사람만 자리를 떠나도 그 빈자리가 크게 느껴진다. 그리고 마침내 나를 제외한 모든 사람들이 도서관을 떠났을 때, 사람들과 같은 공간에 있어도 혼자서만 다른 시간에서 사는 것 같은 불안한 마음이 든다.

가보지 않은 길, 그것도 내 상황에서 흔치 않은 길을 가는 것은 무척이나 불안한 일이다. 여행을 통해 고민했던 행복과 인생에 대한 생각들을 나만의 글로 써내려가는 것이, 지금의 나에게는 필요한 일이라 생각했다. 1년간의 길고 긴 고민 끝에 그 선택을 내렸음에도, 여전히 불안한 마음에 숨이 턱턱 막혀올 때가 있다. 더구나 주변에서 나에게 무수히 쏟아내는 이야기들은 '내가 이래도 되는 것일까' 하는 내 선택에 대한 의심을 가져온다.

하지만 그래도 내가 버틸 수 있는 이유가 있다. 내가 원하는 일을 하고 있기 때문에 불행하지는 않다는 것이다. 나는 아무리 불안해도 불행하지 않다면, 계속해서 그 일을 해도 괜찮을 것이라고 믿는다. 단지 그것을 믿고 계속해서 버티기로 한다.

새벽 5시, 서서히 날이 밝아오기 시작한다. 헤드폰을 눌러쓰고 볼륨을 최대한 올린 뒤 영화 〈록키〉의 '아이 오브 더 타이거Eye of the Tiger' '고잉 더 디스턴스Going the Distance' '고너 플라이 나우Gonna Fly Now'를 반복 재생한다. 이내 심장 박동이 빨라지며 가만히 앉아 있을 수 없음을 느낀다. 겉옷을 벗어 던지고 문 밖을 빠져나와 아무도 없는 새벽녘 거리를 힘차게 뛰기 시작한다. 점점 속도가 빨라지고 보폭이 넓어지다 보면, 어디든 갈 수 있을 것만 같은 자신감이 붙는다.

"너는 학교 다닐 때에도 그랬어. 너 혼자만의 자기 세계에 있는 것 같았어."

여전히 이어폰과 헤드폰을 달고 사는 내게 누가 이런 말을 했다. 생각해보면 학창 시절에는 음악을 너무 많이 듣는 것 때문에 참 많이도 혼났다. 그래서 어떻게 집중해서 공부를 하겠느냐고. 하지만 나는 음악을 듣고 있을 때 마음이 가장 편하다. 마치 나를 속박하는 세상에서 벗어나 자유롭게 살아가는 기분이다. 누구의 간섭도, 방해도 없이 오로지 내 생각에 집중할 수 있는 시간.

도서관으로 돌아온 후 나는 본격적으로 내 세상에 빠지기 시작한다. 여전히 헤드폰에는 영화 〈록키〉의 음악들이 흘러나오고 있다. 나는 필라델피아 미술관의 계단을 뛰어오르던 록키의 모습을 상상하며 멈춰 있는 에스컬레이터를 오르락내리락 한다. 무릎을 짚고 올라야 하는 도서관 중앙의 높은 단상 위에 올라가 아무도 없는 거대한 도서관을 바라보며, 세상을 향해 두 팔 치켜 올리던 록키의 한 장면을 흉내 낸다. 그러고는 팔을 그대로 든 채로 이런 생각을 한다.

'내 나이 이제 스물여섯. 인생을 15라운드의 복싱 경기라고 한다면, 이제 고작 4라운드를 버텨냈을 뿐이다.'

내가 원하고 가치 있다고 믿는 한 나는 무엇이든 될 수 있고 무엇이든 할 수 있다는 것을 믿기로 한다. 나를 수식하는 단어에 신경 쓰지 않고, 계속해서 나만의 방식대로 내 삶과 행복을 찾아가기로 한다.

이 모든 것은 인생의 15라운드가 모두 끝나고 종이 울렸을 때, 남이 아닌 내 모습 그대로 링 위에 서 있기 위해. 오직 그 순간을 위해 나를 믿고 살아가는 나는, 세상의 그 무엇도 두렵지 않은 나는, 나는 록키다.

3.

"넌 10년 뒤에도 똑같을 것 같아."

아주 오래 전 어느 추운 겨울날, 좋아했던 한 친구에게 이 말을 들었다. 철없는 어린아이 같다는 말일까. 아니면 내게 아무런 기대도 하지 않는다는 것일까. 나는 그 말이 너무도 싫었다.

그리고 7년이라는 긴 시간이 흘렀다. 어느새 나는 대학을 졸업하고 백수가 되어 잘 쓰지도 못하는 글을 쓰고 있다. 맞춤법도 잘 틀리고, 쓰다 보면 앞뒤 논리가 맞지 않을 때도 많으며, 보기만 해도 감탄이 나오는 멋진 표현들도 잘 알지 못한다.

그래도 책을 쓰는 동안, 나와는 전혀 다른 삶을 살아온 사람들을 만나 수백 가지 다른 인생을 보았고, 깊은 혜안을 지닌 작가들이 수천 시간 고민해 적어낸 책들을 읽었으며, 이곳저곳을 돌아다니며 수만 가지 삶의 흔적들을 느꼈다.

그래, 이 정도 했으면 됐다. 멋진 글을 쓰기는 어렵지만 솔직하게 쓰는 것은 어렵지 않았다. 오히려 좋은 글을 쓰기 위해 이것저것 따라하다 보면 점점 거짓말만 하게 되었다.

앞으로의 인생도 이렇게 살아가고 싶다. 굳이 성공한 인생을 살겠다고 이것저것 흉내 내기만 할 필요가 있을까. 내가 느끼는 가장 정직하고 솔직한 길만을 따라가야겠다. 그렇게 인생을 보내고 돌아보면, 좋은 인생이었다고 느낄 것 같다. 나는 그것으로 충분하다.

"넌 10년 뒤에도 똑같을 것 같아."

얼마 전, 한동안 잊고 있었던 이 말을 다시 듣게 되었다. 하지만 이번에는 이 말이 싫지 않았다. 아니, 이상스레 기분이 좋았다. 무슨 뜻으로 그 말을 했는지는 궁금하지 않다. 나는 그냥 지금의 내 모습과 마음이 좋은가 보다.

10년 뒤에도 똑같았으면 좋겠다. 이 모습, 이 마음, 그대로.

부치지 못한 편지

다시 한번 캡틴이라 불러주면 안 될까?

나는 한국에 있어. 이렇게 말해도 너희는 모르겠지. 바다 건너 저 멀리 어디엔가 둥둥 떠다니는 조그마한 땅덩어리라 생각할지도 모르겠다.

참 바람이 많이 부는 바닷가였어. 나는 섬 반대편 부둣가에서 툴툴거리는 버스를 타고 한참을 달려 그 작은 마을에 도착했지. 너희는 마치 기다리고 있었다는 듯 내게 인사했고 나는 너희를 만나러 간 듯이 인사에 답했지. 내가 생각해도 나는 참 특이한 놈이었어. 마을 어디에서도 볼 수 없는 신기한 얼굴을 하고 있었고 거대한 눈을 가진 플라스틱 괴물로 너희를 연신 찍어댔으니까.

너희는 나를 곧잘 따랐어. 나는 누구보다 빠르게 헤엄칠 수 있었고 또 누구보다 멀리 창을 던질 수 있었어. 풀잎으로 피리 부는 법도 알려주었고 내가 다녀온 모든 대륙의 모험담도 들려주었지. 그래서 너희는 이런 나를 '캡틴'이라 불렀어. 그 마을을 떠나는 그 날까지 말이야. 너희는 위대한 대장의 자랑스러운 제자들로서 찔끔찔끔 흐르는 눈물을 애써 숨기려 했지. 그렇게 우리는 헤어진 것이고.

그로부터 오랜 시간이 흘렀어. 너희에게 할 수 없었던 말이 있어. 나는 너희들의 대장이 될 수 없어. 너희가 동경하고 믿고 따를 수 있는 그런 멋있고 용기 있는 대장이 아니야.

사실대로 말할게. 한국에 돌아온 나는 어른들만 걸리는 지독한 병에 걸렸어. 이미 바이러스가 대뇌피질을 뚫고 들어와 온몸 구석구석에 침투했지. 하지만 억울하지는 않아. 사실 내가 자초한 일이기도 하니까. 늘 어른인 척 흉내 내고 다녔거든. 세상의 모든 이치를 깨달은 것처럼 하고 다녔고, 현실적이고 이론적이며 금전적인 것을 최고라 여겼거든. 이 병은 너희가 생각하지도 못할 무시무시한 증상들을 동반하고 있어. 한여름에도 긴 바지를 입어야만 하는 날들이 생기고, 도전, 모험, 용기, 순수라는 말을 입 밖에 내면 얼굴이 화끈거리며, 깨어 있을 때는 물론이거니와 잠을 잘 때조차 꿈을 꾸지 못하게 되고, 썩은 것을 보고 썩었다고 말하지 못하게 되지.

그런데 그중에서도 가장 무서운 게 뭔지 아니? 이 병에 걸린 사람들은 이 병에 걸리지 않은 사람들을 이상하게 생각한다는 거야. 그런 끔찍한 병이 이미 온몸에 퍼져버렸어. 지금은 내 몸 한쪽 구석에 숨어 있던 꿈까지 먹어치우려 해. 지구에는 이 병을 고칠 백신이 없다 하더라고.

그럼 어떻게 지내냐고? 사실은 몰래몰래, 하고 싶은 일이 할 수 있는 일이 될 수 있도록 힘을 키우고 있어. 그렇게 이 병과 생사를 건 사투를 벌이는 거지. 무모하고 험난하게만 느껴지기도 하고, 시도 때도 없이 두려움과 불안감이 구름같이 몰려와서 거대한 욕조 깊은 곳에 홀로 쭈그리고 앉아 있는 기분이 들어.

생각할수록 참 웃긴 일이야. 언젠가 배를 타고 지구 정복을 꿈꾸던 사람이, 맨손으로 바다 괴물과 싸워 이길 것만 같았던 사람이, 너희들이 '캡틴'이라고 부르던 바로 그 사람이, 고작 이 정도에 쩔쩔매고 있다니.

그런데 어제 말이야. 우연히, 정말 우연히….

나의 어릴 적 사진을 보았어. 이상하게 그립더라고. 머리는 아무것도 기억하지 못하겠는데 분명 내 몸 어딘가에서 그리워하는 게 느껴져. 아직 병이 퍼지지 않은 어디인가 봐.

그런데 아직 내 몸에 그런 부분이 남아 있다고 생각을 하니 마음이 한결 편해지는 거 있지? 그것도 생각보다 아주아주 많이 남아 있다고 느껴지거든. 마치 어릴 적 순수했던 나와 지금의 내가 동일한 한 사람이라는 당연한 사실을, 한동안 까맣게 잊고 살았던 기분이야.

심지어 이런 생각까지 들어. 나는 어쩌면 병에 걸린 척을 하고 있는 것일지도 모르겠어. 아니, 우리 모두가 병에 걸린 척 변명하는 것일지도 몰라. 그래야 마음이 편하거든. 그래야 꿈꾸는 사람들을 유치하다 말할 수 있거든. 사실 부러운 건데 말이야.

그래,

멋진 어른이 될게.

아무 두려움 없이 지구 정복을 꿈꾸는

그때 그 모습을 간직한 어른이 될게.

다시 한번 너희들의 대장이 될 순 없을까?

다시 한번 '캡틴'이라 불러주면 안 될까?

바나나 그 다음,

1판 1쇄 2017년 12월 5일
1판 11쇄 2025년 1월 2일

지은이 박성호
펴낸이 김정순
책임편집 배경란
디자인 김수진
마케팅 이보민 양혜림 손아영

펴낸곳 (주)북하우스 퍼블리셔스
출판등록 1997년 9월 23일 제406-2003-055호
주소 04043 서울시 마포구 양화로 12길 16-9(서교동 북앤빌딩)

전자우편 editor@bookhouse.co.kr
홈페이지 www.bookhouse.co.kr
전화번호 02-3144-3123
팩스 02-3144-3121

ISBN 978-89-5605-833-7 03810